全民微阅读系列

草戒指

CAO JIEZHI

陈顶云 著

江西高校出版社
JIANGXI UNIVERSITIES AND COLLEGES PRESS

图书在版编目（CIP）数据

草戒指 / 陈顶云著 . — 南昌：江西高校出版社，2017.11（2021.1重印）
（全民微阅读系列）
ISBN 978-7-5493-5030-8

Ⅰ. ①草… Ⅱ. ①陈… Ⅲ. ①小小说—小说集—中国—当代 Ⅳ. ① I247.82

中国版本图书馆 CIP 数据核字（2017）第 017528 号

出版发行	江西高校出版社
社　　址	江西省南昌市洪都北大道 96 号
总编室电话	（0791）88504319
销售电话	（0791）88592590
网　　址	www.juacp.com
印　　刷	永清县晔盛亚胶印有限公司
经　　销	全国新华书店
开　　本	700mm×1000mm 1/16
印　　张	14
字　　数	160 千字
版　　次	2017 年 11 月第 1 版 2021 年 1 月第 2 次印刷
书　　号	ISBN 978-7-5493-5030-8
定　　价	45.00 元

赣版权登字 -07-2017-33
版权所有　侵权必究
图书若有印装问题，请随时向本社印制部（0791-88513257）退换

目录

第一辑　生命感悟 / 1

向左转 / 1

河东转河西 / 4

乡下奶奶城里孙 / 6

二寡妇 / 9

自古婆媳两条道 / 12

老马家的瘸驴失联了 / 15

暖脚 / 18

小偷日记 / 20

许老师买彩票 / 23

涅槃 / 25

第二辑　爱情麻辣烫 / 29

婚姻末班车 / 29

村里有个女人叫小芳 / 32

相见恨晚 / 34

梨心 / 35

草戒指 / 39

树缠藤 / 42

麦子 / 45

小琼的情人 / 48

那一片阳光 / 52

上门女婿 / 54

第三辑　古装古韵 / 58

棋人奇事 / 58

谋攻 / 61

官场哲学 / 64

乱世爱情 / 67

慈禧敕封康百万 / 70

瓜缘 / 73

御辽计 / 77

彭祖的传说 / 79

临川梦回 / 84

四十亩地耙和尚 / 86

第四辑　我爱我家 / 90

家有小三 / 90

我和母亲有个约定 / 92

支撑 / 94

骂街 / 95

难忘枣泥月饼香 / 98

情人节的礼物 / 100

爸爸妈妈手牵手 / 103

父亲打鼠 / 106

老爹的心事 / 109

父亲的苦恼 / 112

第五辑　青春絮语 / 116

地盘 / 116

当爱情遭遇信仰 / 119

雷池 / 123

半米距离 / 125

春天里 / 128

那一树月季正开放 / 131

恩师 / 134

给我一个拥抱 / 137

那个叫阿蛮的哥们 / 141

一碗鸡蛋荷包面 / 144

第六辑　荒诞不经 / 147

情人 / 147

雪崩 / 149

最后的微笑 / 153

一二三 / 155

我去哪儿了 / 158

一封恐怖电子邮件 / 161

强中自有强中手 / 163

太阳刺眼 / 166

一张彩票旅行记 / 169

马拉松 / 171

第七辑　世态百相 / 174

杏子熟了 / 174

聘礼 / 177

利用 / 181

街上流行红衣服 / 185

心里装个摄像头 / 187

村长不在家 / 190

大裤衩书记 / 193

眼睛 / 195

显摆 / 198

嫁给平安 / 201

第八辑　微言大义 / 204

恩泽 / 204

人之初 / 205

故事里的事 / 207

辞灶 / 208

征程 / 210

反季节 / 211

暖冰 / 212

相濡以沫 / 213

一块钱 / 214

反转 / 216

第一辑　生命感悟

现在的社会压力大了，人们都很劳累，我经常说，这代人将来的结局都是被累死的，我也在其中。可自从我与文学结伴后，累的感觉没有了，取而代之的是，我的感官敏锐了，能捕捉到生活的苦，更能感受到生活的甜。以前有文友说我写的小说有戾气，可看到我现在的小说后就夸奖我，说读着喜庆快乐。这也许就是在文字的熏陶下，对生命的感悟吧！

向左转

当我们在生活中遇到难解的事时，是选择退避呢？还是选择扑身直上？咱们开车转弯的时候通常都是向右转的，那是常规，就像我们固定了的思维。本书的开篇故事却说的是《向左转》。那么，我们就随着这篇《向左转》，来看看生活里到底要怎么转呢？

老王继续嗯不嗯地说话，他就是不说走，可我有事，有急事。

草戒指

老王说，看你心不在焉的，我给你出个脑筋急转弯练练脑子吧。咱们工作中经常摞的货箱子很高，忽然倒了，你第一反应是什么？

我不假思索地说，扶啊！

错！你的第一反应是扶，再换个思维方式呢？

还是去扶呀，倒了摔了货物怎么办？老板还不罚咱们钱？

如果去扶摞得很高的箱子的话，你是根本扶不住的，唯一的选择就是快跑！货物损伤了没关系，大不了赔几个钱，如果人被砸伤，那才是得不偿失呢！所以呀，遇到困难，不要扑身而上，要迂回。

我巴不得老王说完赶紧走，这样闲扯淡的问题我哪有心思迂回思考呀，我说老王，咱们改天再聊吧，我今天真有事。

不急，我还有一个小笑话要讲的，你知道我小时候玩的一种游戏吗？叫摸摸洗洗，我们事先在铁罐头瓶子里放上东西，然后让好奇的人摸，总有一些大人或小孩耐不住好奇想摸，我们就事先讲好，摸摸二分钱，然后再准备一盆水，摸了洗手的话，就要再花三分钱了。哈哈，你不知道有多逗，很多摸过的放在鼻子下闻闻，赶紧洗手，我们就赢了五分钱，那时候的五分钱能买好多东西呢！其实铁罐头瓶子里，我们放了狗屎。摸过狗屎的人，就再也不上当了。

我听见隔壁房间里传出嘤嘤的哭泣声，我的心更烦了，老王啊，咱们明天再聊好吗？你知道的，我出车才回来两天，还有很多事要办呢！

我知道，急啥，我再讲最后一个故事，关于我自己的故事。有一天我出车，快天明的时候，我发现前面一辆货车背道而驰，他正朝着我这个方向滑来，坏了！那个司机肯定是疲劳驾驶了，如果我继续靠右行驶的话，即使不撞车，我也会被挤下路面翻车的。

急中生智，我向左打了方向盘，虽然违规行驶了，但是避免了

第一辑　生命感悟

一次交通事故。

隔壁间的哭泣声停止了，似乎有东西破碎，我更加烦躁，老王，你再不走，我可真生气了，我今天真有事！

我知道。老王慢悠悠呷了口茶，你不就是急着去民政局么？

你怎么知道的？

我记得我没和他聊过这个事，嫌牙碜！

呵呵，没有不透风的墙，我劝你这么多，难道你还没明白？你常年跑车在外，媳妇耐不住寂寞，现在她既然悔改了，你为什么不能放她一马呢？再说，外面的诱惑那么多，你难道没做过亏心事？

我是男人！不允许别人给我戴绿帽子！

呵呵，如果你现在离婚了，还会再婚的吧？

遇到好的，当然。

你再婚的话，什么样的姑娘愿意跟一个常年在外面奔跑，还拖着油瓶的人过日子？

以我的条件，娶个二婚头总可以吧？

娶二婚头的话，你是她第二个男人吧？

是。

老王站起身，敲敲我的脑袋，笨蛋！我讲了这半天你还不明白？遇到事情不要扑身直上，要趋利避害，出轨的诱惑就像狗屎，摸过一遍的人不会再摸第二遍，在生活中遇到逆行车，要记得赶紧左转弯，要避开常规思考。你如果娶个二婚头的话，你不是她唯一的男人。

听了老王的话，想想也是，道理也简单明了，但我的脑子怎么就转不过这个弯呢？

草戒指

河东转河西

　　这是一个很有意思的故事,是二姐夫去东北打工时遇到的事情,他把这事对二姐说了,二姐又说给我听,我就构思了这个故事。我至今还没有勇气拿这篇给二姐看,怕她骂我败坏她,因为在结尾丑化了她,立起了二姐夫的形象。偷笑,偷笑!

　　三幌子走路快,说话急,就连尿尿都是一溜小跑,还不到五十岁,脾气燥得把一头黑发都烤白了。

　　山东人爱去东北三省打工,东北的大老板看上了他的燥脾气,把一些零碎工程承包给他,他完成得又快又好。这几年在东北,三幌子挣了个盘满钵满,今年又有很多乡亲想跟他去工地,他痛快地答应了。

　　这其中就有二慢在里面,二慢慢得出了名,慢的几乎没有脾气,如果走在路上,有狗咬了他,他不但不会打它,还会跟狗亲三口。

　　过了清明,估摸着东北三省化了冻,三幌子就带着二十多个民工去了东北。人都来了好几天了,大老板就是不露面,三幌子打电话过去,原来今年市里下发文件,暂缓城建,大老板说,最迟也得等到麦收后才有活儿。

　　三幌子急了,他在家里信誓旦旦地承诺过,去年工值日均二百九,今年怎么着也能达到三百二。既然人都来了,就慢慢接了零活先干着。

　　三幌子本来是木匠出身,他就接了一些工地上的木工活先干着,那些跟他来的乡亲大多是没有技术的农民,他们干不来,就三三两两地跑到一个正建大坝的地方打零工,搬料石,就是这样累死人的活也不多,只能干一天歇一天。

第一辑　生命感悟

二慢没跟这些人去，他跟着三幌子打下手，不会用电刨子电锯，三幌子就让他用钉子钉木条，他钉一个就歪着脑袋看，三幌子急了，你他妈的看什么啊！赶快钉！

二慢就说，我看看钉歪了没有。

都进木头了，歪了就歪了！

歪了俺再拔出来！

你，你！

二慢把爱骂人的三幌子气得瘪了嘴。

干完了头麦口，很多人借着收麦的理由回家去了。二慢就打电话问老婆，我也回家吧？

老婆就说，你回来个屁！挣不到钱就别回来！

可三幌子他光骂娘。

骂就骂吧，像你这样的窝囊废，活该骂！

二慢平白挨了一顿骂，不恼，俺正不想回去收麦子呢，正好不用回去了。

三幌子等着上面下来工程，也不能回去。在干木工活的日子里，由于二慢的慢，不知被三幌子骂了多少次，骂的二慢的祖宗八代几乎都要从坟墓里跳出来骂他娘了。可二慢就是不生气，从小被妈妈骂，结了婚被老婆骂，习惯了。骂一句不疼不痒的，也不折秤，倒是骂人的累得伸腿儿瞪眼喘粗气的。如果因为被骂气出病来，那才不值当呢。

眼看到了六月，承包的木工活也干完了，工地上就剩几个人了，还没有接到工程。三幌子急了，一天一个电话催大老板，大老板起先还接电话，到后来干脆关机了。

没办法，他们几个只有加入附近的一个建筑工地去干活，要说石匠这活，三幌子不陌生，以前他带队搞建筑的时候，满工地都是泥瓦工。隔行如隔山，虽然三幌子木工活干得漂亮，指挥泥瓦工也行，可这次他是干活的，带队的另有其人。他不会砌砖，就只有干小工了，

草戒指

推个沙灰运个砖什么的。

建筑队长给他们分工，在家里常年干建筑的二慢上了墙，当起了大工，慢工出细活，队长就把"把大角"的活交给了他，"把大角"是行话，也就是砌大楼的拐角，这可是个技术活，万丈高楼平地起，如果半腰里歪个几微米的话，砌到顶部的时候可能就是几厘米了，那可成了危楼了。

恰巧，给二慢扔砖的就是三幌子，他一个小工伺候了三个大工，年近五十的他，尽管脾气急，但也搁不住这么折腾，给这个扔了砖，又得给那个递灰，忙得他连直腰的空儿都没有，刚想舒展一下，恰巧被队长看到，结果被骂了一顿，你以为每天二百多是白给你们小工的吗？要不想干的话，滚蛋！

恰恰这时，二慢又说没砖了。三幌子刚想转骂二慢，但想想现在在他手下干活儿，又把到嘴边的脏字和着唾沫咽了下去。

二慢晚上给老婆打电话，老婆，我们上别的工地了，你猜怎么着？三幌子分在我手下干活了！

这下好了，你该骂他了！狠狠骂，骂他八代祖宗！

我不好意思骂呀。

窝囊废！

老婆，我不是窝囊，你想啊，十年河东转河西，这才几天呀，就转了个个儿，备不住明天这风水又转过来了呢！

乡下奶奶城里孙

因为我住在农村，像这篇这样的素材随处可得，乡下的奶奶和城里的孙子是隔代亲呐！可架不住里面还有个姥姥呀，这就发生了下面这个故事。

第一辑　生命感悟

　　大嫂家新添孙子,亲戚们都来贺喜,可大嫂冷着个脸,因为她见不着可爱的孙子。儿子娶了城里人的独生女,亲家母事先说好了,月子她来伺候。大嫂不计较谁来伺候月子,她计较的是亲家母温柔的声音说的话,你们乡下人不习惯城里人的饮食。

　　哼!城里人就不吃人粮食了?城里人难道像电视上说的吃垃圾食品?

　　孙子一周岁了,期间大嫂去看了两次,放着好好的母乳不喝,非要孙子喝牛奶,不过还好,大孙子长得白胖,很像他爸爸小的时候。

　　孙子快三周岁了,年前跟着他爸爸回来,大嫂见了心疼得什么似得,你们把孩子给喂得瘦成这样?

　　儿子无奈地说,这孩子厌食体弱,经常感冒。

　　大嫂嗫嚅半天才说,要不,你把他交给我带两天?

　　那我得和岳母和媳妇商量一下。

　　你看看,你小时候多皮实,从来都不感冒。我也照着养你的法子养孙子,你看怎么样?

　　嗯,我回家给她们商量商量。

　　儿子带着孙子走了,过年也没回来。

　　一转眼春暖花开了,绿油油的荠菜满地都是,大嫂剜了一些洗净,拿上攒了多日的柴鸡蛋和新碾的小米进了城,小孙子一见奶奶来了,亲热地扑上去喊奶奶,亲家母忙拉过孙子,乖,奶奶洗洗再抱你,外面有细菌的。

　　大嫂听了心里膈应,就你们城里娃娇气,俺整天在外面忙活,也没见细菌长什么样儿。但她还是满脸笑意,大孙子乖啊,我去洗洗就回来抱你。

　　大嫂好话说了千万遍,亲家母才同意孙子去乡下住一星期。大嫂高兴地像孩子似得抱着孙子转圈,我的乖孙子啊,我专门给你攒了柴鸡蛋,还专门给你养了个宠物。

草戒指

好耶!

孙子皮得跟猴似得，一睁眼就和毛茸茸的哈巴狗玩，做着各种逗人的动作，正在给孙子变着花样做饭的大嫂，往往会被这俩小东西逗笑。

大嫂领着孙子和哈巴狗在田野里嬉戏，清新的风吹来，孙子使劲吸了吸鼻子，奶奶，

风可真香!

大嫂就笑了，她搂紧了孙子，该回家吃午饭了，大孙子想吃什么尽管说。

奶奶，俺想吃这篮子里的菜，不过这次你别做得那么苦，俺想吃甜的哦!

好，奶奶这就回家给你做甜的荠菜饼。

嗷! 回家喽!

在漫山遍野的绿中，孙子像蝴蝶一样在前面飞，大嫂在后门吆喝，慢点! 小心摔着! 哈巴狗欢快得跑前跑后。

幸福就爬满了大嫂的脸。

当走到大门口时，就看见儿子的车停在那里，亲家母站在车旁，早已等得不耐烦了。

不是说好你们星期天来吗? 你瞧，我什么也没准备。大嫂说着拿出钥匙打开门。

亲家母看见孙子，忙搂过来，呦! 乖孙子，姥姥亲亲! 这么脏，快洗洗。

亲家母这是第二次进这个小院，第一次是孩子们定亲的时候。

院里的公鸡一见生人，咯咯叫个不停，羊圈里的白羊也咩咩直叫，孙子搂了狗坐在地下玩耍。她皱了皱眉，我说亲家母，这里的环境太脏了，你看这么多动物都有细菌，如果传染给孙子怎么办?

哪里有病菌啊? 我们农村不都这样?

8

没病菌？你看，鸡能得禽流感，羊能得羊羔子疯，她一把拽过孙子，你看看，最危险的是这狗，能得狂犬病。

大嫂听着亲家母温柔如水的声音却很刺耳，心里嘀咕，俺没见养鸡的人得过禽流感，倒是城里人体质弱，整天这病那病的。羊羔子疯？羊传染的吗？那在医学上不是叫癫痫病吗？

大嫂微低了头回答，哈巴狗是打了疫苗的。

亲家母继续观察，你看你们厕所那么脏，不像我们城里拉尿完了用水冲得干干净净的。

大嫂没有辩驳，孙子刚来的时候不会蹲，是她教会了他。大嫂心里嘀咕，城里人坐着解手才不卫生呢，病菌岂不直接爬腚上去了？

大嫂灰溜溜进了锅屋，麻溜刷锅，亲家母跟进来，看看到处熏得黢黑的墙壁，温柔的声音立刻提高了八度，我一刻也受不了了，乖外孙，走！咱们回家！

大嫂正刷着锅的手停住，定格在那里。

孙子坐进汽车，临走冲大嫂挥挥手，奶奶，我还会回来的！

大嫂含泪答应着，哎，乖哦！

亲家母柔若无骨的话飘来，以后你再也不能来住了，多不卫生！

小狗跟着汽车跑出好远。大嫂独自站在门前，一个没忍住，眼泪大颗掉下。

二寡妇

在我们农村，像下面这么有性格的二寡妇还真有，但经历过了世事变迁后，她们骨子里的傲骨被生活打败了，又还原成了最初的模样。

草戒指

大嫂这次病得不轻,她的弟妹——二寡妇电话里总催她,来市里吧,市医院条件好,我照顾你,省得侄儿侄女老跑路。

大嫂正犹豫着要不要去时,二寡妇风一样来了,大嫂拿我当外人?怕我晦气扑了你?她说话向来就冲。

俺还是去县医院吧,子宫肌瘤县医院就能做。

二寡妇现在嫁人了,刚五十的人嫁了个六十多的老头。想想以前小叔子受的那份罪,大嫂就想骂弟妹,二弟活着的时候,她只要一开腔就是咒骂,咒骂里总是能听到死字。

打闹时二弟就说,你别再诅咒我了,我死了你难道好过?

你死了?你死了我还就不过了么?三条腿的蛤蟆没有,两条腿的人有得是!

一语成谶!二弟真死了,弟妹成了人见人怕的二寡妇。

二弟心眼好,长得帅,可偏偏就摊上这么个混帐婆娘,有一次喝大了酒,她和他开玩笑,他将要坐上板凳时,她忽然把板凳一抽,他摔倒了,她哈哈大笑,谁让你喝酒咻,活该!

他摔伤了腰,但为了躲避她的咒骂,忍着痛还去打工,结果就从伤骨头处引发骨癌,患病期间,被二寡妇骂了个八代祖宗。

他死后,二寡妇还不放过他,下地回来就骂,你个死鬼,以前不用俺下地的,俺哪知道怎么间苗?俺哪知道怎么种菜?说完就哭,哭得邻居烦,哭得狗汪汪。

地邻把地种过了界,她回家又数落,你个死鬼,俺被人欺负了你知道吗?以前谁要敢欺负俺,你会向着俺,现在谁还怕俺?要不俺躺他门儿里赖他,说他欺负俺!俺要坏他名声!反正你死了也不在乎名声了!

上初中的双胞胎儿子回来拿学费,她又大骂,你个死鬼,躺那儿清闲去了,俺还要办吃办穿,还要打工给你儿子挣学费!以前这些事都是你做啊!她说完就哭,哭得鸡鸭嘎嘎叫,哭得儿子忍不住

第一辑　生命感悟

抬杠，你不是经常说，让我爸爸快死吧，死了就不花医药费了？

你个死孩子，俺啥时咒你爸了，啊？说着拿起笤帚就打儿子，儿子捂着胳膊求饶，妈，俺不敢了，不再提俺爸了！

儿子们哭，二寡妇更哭，哭得上不来气，伸直了腿儿。儿子忙出去找大嫂来帮忙圈腿儿，大嫂把她圈醒后就说，你这是何苦呢，人死不能复生，如果觉得生活艰难，就再找个拉帮套的，大家不会笑话你的。

大嫂说的什么话，俺是那种人吗？男人刚死，俺总得守三年孝吧？

说归说，二寡妇还是去相亲了，左邻大娘介绍了个没牵没挂的，她一谈就埋怨大娘，傻儿吧唧的，比俺家死鬼差远了。

右舍二婶介绍了个不憨不傻还有钱的，二寡妇一看就生气了，能和武大郎当兄弟了，俺那死鬼男人，要个子有个子，要模样有模样的。

二婶就生气了，你又不是黄花大闺女，只要能帮你种地挣钱拉巴孩子就行。

俺一辈子没把死鬼看上眼，这次俺一定要找个比他强的。

高不成低不就的，眼看快五十了，两个儿子知道家里没钱供他们上学，就去学了修车手艺。

后来双胞胎儿子都成了家，性格使然，她和媳妇们关系不好，听说市里有招保姆的就走了。

再后来听说她伺候一个老头，还和老头同居了。

所以大嫂不想去市医院治疗。

二寡妇说，你就去吧，我伺候人有经验，我现在就你们这些亲人了，你们平安，我才心安。

大嫂被她说动了情，收拾收拾就去了市医院，二寡妇精心伺候大嫂，时不时还给她讲个城里人的笑话。大嫂术后恢复很好，想见

草戒指

见那个人，二妹为什么不让他进来？丑媳妇总要出来见公婆的吧？大嫂开玩笑说，他每次把汤送到门外，这次你就让他进来，俺看看。

可以吗？二寡妇有些底气不足，你不会笑话我吧？

怎么可能呢？看你幸福，我们比什么都高兴，你的性格也变了呢！变得慢声细语，乖巧可爱了呢！

二寡妇嘻嘻笑，多谢大嫂夸奖，我这就叫他来见见你！事先声明，你不可以当面笑话他，他面皮薄。

大嫂笑了，瞧你，还护着他！

当他推门进来的时候，大嫂眼直了，脑袋懵了，他是谁？谁呢？对了，是二弟！只是比记忆中的二弟年长了几岁，眉眼之间，和二寡妇很有夫妻相！

自古婆媳两条道

还有一篇的素材是从妹妹那里听说的，但我给构思了个生二胎的情节，真没想到，2014年发表的小说，今年全国真的开放了二胎。这让我想起那些预言家了，难道伟大的预言家也是文学爱好者？

李大嫂终于熬成了婆。当年嫁入兄弟众多的李家，妯娌们在一起时就爱叨咕婆婆的不是，说她对这个厚了对那个薄了的。大嫂总是默不作声，身为老大，深知作为老大的责任，撮合家庭和睦才是当大嫂的职责。

大嫂两年生了两个儿子，大哥除了种好地，还要打工挣钱养家，没时间看孩子，大嫂洗衣喂鸡喂兔的时候，想把孩子送给婆婆看一会儿，婆婆撸着个脸说，你们已经分家了，还要麻烦我做什么！

她把孩子递给公爹，公爹一推说，我十个孩子没看过，不会看！

大嫂夹着眼泪回了家，是啊，人家十个孩子没看过，俺就俩孩子，那就不麻烦他老人家了。

一转眼，婆婆死公公亡，大嫂也当起了俩儿媳的婆婆。一想起自己当年拉巴孩子受的那份罪，她就叨咕，要对媳妇好点，对孙子好点。

五十多岁的大哥依然每年外出打工，娶儿媳欠下的八万块钱要还，这个债是不能分给儿子们的。大嫂除了种地就是看孩子做饭，儿媳妇们起床沿摸碗沿，每天过着衣来伸手饭来张口的小日子。

瞧着俩儿子家过得红红火火，俩孙子长得敦实可爱，李大嫂虽然很累，心里却甜。

过年了，打工的大哥回来了，除夕夜，一家人围坐在火炉旁吃团圆饭，大嫂说，孙子明年就要上学了，你们也快三十的人了，分家吧。

大儿媳说，娶弟媳的时候多花了一万，而且还给她安了电脑和监控，我们没有！你们得给我们补！

二儿媳说，随行就市么！谁让你早生的，现在下生的话，咱爸妈早给你盖楼了！

大儿媳就去打二儿媳，二儿媳就抓花了她的脸。大儿子看看媳妇受屈了，就去拉偏仗，您妯子你别这样。

他捉着弟媳的手，他媳妇可得了势了，狠狠地抽了弟媳一个嘴巴子。二儿子一看自己的媳妇吃亏了，也加入了战团。

这一仗从热乎乎的屋里打到冰天雪地的院里，登时满院的鸡飞鸭叫狗汪汪。

旁边的大嫂和大哥干吆呼不管用，大嫂气得伸了腿儿，一旁的俩孩子嚎叫着，奶奶——妈妈爸爸别打了！

捱和着开了春，大嫂一气之下跟着大哥去新疆打工了，俩儿子也出去打工了，剩下俩儿媳带着俩孙子在家，地荒成了草甸子，饭不做就暗宿。

草戒指

又到了年底，大嫂和大哥回来了，俩孙子爷爷奶奶地欢叫着，大哥大嫂眼就眯成了一条缝，大嫂一甩手掏出两万给了大儿媳妇，又一甩手给了二儿媳两万，说，我没在家看孩子，挣的钱都给你们，这是给你们的看孩子钱！

俩儿媳欢天喜地地接了。于是又每天睡到日头晒屁股再起，反正有婆婆做饭，起晚了也不愁没饭吃。大嫂就每天撸着个脸做饭，热了等，等了再热，终于有一天等急了，大嫂就训，你们都分出去了，自己在家吃吧，我明年还要去打工！

正端着碗的俩儿媳怔住，几乎异口同声地说，我们打算明年要二胎，你得在家伺候我们月子！

大嫂脸色缓和，你们打算再要个男孩还是女孩？

俩儿媳一时语噎。

还是二儿媳反映快，我想要个女孩，女孩孝顺。

大儿媳嗫嚅半天才开口，如果再生个男孩呢？

哈哈，再生个男孩更好，俩兄弟分家打架热闹呀！大嫂说。

俩儿媳臊得脸比猴屁股还红。

大嫂意味深长地说，我们妯娌六个从没打过架红过脸，你们知道为什么吗？

俩儿媳摇头。

就因为，当大的要有个当大的样，上梁不正下梁歪，要想过得好，大敬小。

大儿媳点头。

大嫂又转向二儿媳，当小的要有当小的样，竖起个草棒有高低，要尊敬大哥大嫂，长嫂比母，应该协助嫂子把日子过好。

二儿媳点头。

大嫂继续说，人常说自古婆媳两条道，在我眼里只有一条道，多年媳妇熬成婆，谁都有当婆婆的那一天！你们还敢要第二胎吗？

俩儿媳点头，敢！向妈妈学习！

大嫂笑了，好，我明年不去打工了，省得在外地心挂两肠的。你们就生吧，两个一起好养活。

外面的雪不知什么时候下了，一片洁白。玻璃窗上的冰凌子化了，屋子里的炉火正旺。

老马家的瘸驴失联了

这一篇的素材来源与马航失联，不用细讲，大家跟我看！

老马为人忠厚，他的驴却不地道，偏偏拐了老钟家的小儿子跑了。这一跑就是十几天，真是急死人了。起初老马家和老钟家撒下人马找也没找到，就差掏蚂蚁窝了。

村南有片沼泽地，沼泽对面的那个妖冶女人美美正迈着猫步在沼泽的污水里对影自怜，她美丽的蓝眼睛闪着诱惑的光，似乎并不关心对岸焦急的人们。

老钟找儿子找得辛苦，他渐渐怀疑起老马来，是他专门让他的瘸驴拐走我儿子的吧？老钟决定，捋着瘸驴的脚印来找自己的小儿子。

他首先去问老马，老马一脸沮丧，我听见瘸驴临出门的时候还打了个喷嚏，以后我就不知道了。

老钟又问了老马的邻居月月，月月说，瘸驴在我的大门口拉了一坨屎，它大概出村了吧？

草戒指

老钟站在村口的大槐树下问老巴，老巴说，那头瘸驴上是不是驮着一个孩子？

是的！

它在这里诶啊诶啊地叫了半天，顺着那边的沼泽地走了。

跟着老钟的老马急了，对老钟吼，不会是你儿子拐走了我的瘸驴吧？你的家不是就在沼泽边吗？

呵呵！老钟冷笑，我儿子拐你瘸驴？我有良田千顷，房产无数，我会稀罕你那破驴？走！上我家看看！

打开老钟家的黑漆大门，古色古香的院落里，没发现瘸驴的踪迹。于是他们又来到沼泽边，沼泽地漂浮着肮脏的浮萍，掩盖了烂泥里的深渊。

老马望望对岸，忽然醒悟，找美美！她年前还捧了一大把黑豆引诱我的瘸驴呢！

他们都知道美美不好惹，她拥有世界上最精良的武器和电脑。她利用姿色恩威并施，豢养了一大批护院，他们常常趁着月色，开着气垫船穿行在沼泽地里，哪家疏于防范，他们就会乘虚而入，把那家的钱财抢劫一空。

老马站在沼泽边吆呼，美美，你看见我的瘸驴和老钟家的小钟了吗？

美美闪着蓝色的大眼睛嬉笑，没有啊。

你调下你的摄像头，我们看看如何？

哦？我家的摄像头岂是你们能查看的？

老钟疑惑，为什么？

在咱们这儿，我是老大，只有我查你们的份，你们如果有胆量就过沼泽来查！

第一辑　生命感悟

老钟尽管财大气粗，也不敢越沼泽一步，他没有精良的气垫船，再说气垫船是美美的专属用品，哪个敢冒大不韪置办气垫船呢！老钟只有狠督促老马快去找，否则后果自负！

老马觉得美美肯定知道瘸驴的下落，他曾听人说过，她的电脑录像几乎照遍了整个地球。他只有涎下脸来求美美，我的姑奶奶，你如果帮了我，日后唯你马首是瞻。

美美大喜过望，好！大丈夫一言，驷马难追！我只有一个交换条件，你把我的二女儿说给老钟家做大儿媳妇。

老钟在一旁可不干了，不行，如果将来她女儿执掌了我们家，土地岂不易主？

呵呵，你们不答应，我就不调摄像头。

老钟爱子心切，心想，如果美美的女儿来了，女大生外向，她也许会向着婆家的吧？他索性答应了这门亲事。

美美泛起笑意，她扭动小蛮腰走了，不一会儿，一身腱子肉的护院搬来电脑放在沼泽边，打开摄像头，里面清清楚楚映出瘸驴，它驮着小钟一步一瘸地走进沼泽地，它的眼神没有一丝犹疑，好像对面有神秘诱惑在等着它。小钟一脸幼稚，他一边喊驾，驾！一边抡动小胳膊，直到它们陷入沼泽的烂泥里时，还面带微笑。

老钟大哭，我的儿子呀！

他真后悔答应了美美的条件，失去了一个儿子，另一个儿子也将要受制于人。

老马也大哭，我的瘸驴呀！

他也后悔答应了美美的条件，如果她女儿入住老钟家和他成了邻居，他的日子也就不好过了。

住在沼泽地里的我也暗暗伤心，我已经暗恋美美的二女儿好久好久了。

美美却发出了猫头鹰般的窃笑。

暖　脚

山花嫂挺土的，土得可爱。山花嫂挺会说话的，那是农村妇女特有的智慧。对于一个男人来说，能娶到这样的妻子，那可是上辈子修来的福。

山花嫂说话有特点，有什么特点呢？您听过，肯定会过耳不忘。

山花嫂在工厂里打工时，很多媳妇姑娘都爱和她一起干活，图的就是听她说话。她说，我每年冬天都冷，手脚冰凉，晚上一上床，我就把老公盘住了，老公就赶忙给我暖。

梗嫂说，俺一到冬天也冰凉，可俺和老公一人一头睡，谁也不碰谁。今晚俺就把脚放他咯吱窝里让他给俺暖和着。

晚上一上床，梗嫂就把冰凉的双脚塞进老公的怀里，老公拨拉开，她又放，老公一生气，把被子扔到了地上，梗嫂委屈地说，人家山花的男人都给山花暖脚咧，你为什么不给我暖呢？

冰渣凉的死人脚，谁稀罕给你暖！

第二天，梗嫂委屈地把这事说给山花听，山花闪着狡黠的大眼睛笑了，我以前也是把凉脚刚放老公身上，他就拨拉开，他嘴里还说，你属蛇的么，这么凉。我就接话，对呀，而且还是一条迷人的美女蛇，你如果不给我暖脚，我可去迷人家了。老公怕我去迷惑人家，就把我的凉脚揽到怀里了。现在好了，俺家砌了炕，一到冬天就烧，满屋子都热乎，老公再也不用给我暖脚了。可是，老公睡不惯炕，就我和儿子睡，谁烧炕又成了问题。

梗嫂说，若是放在我们家，他不睡炕的话，他是不会去烧的。

山花嫂咯咯一笑，露出俩酒窝，有一次老公说，我不睡炕，还要给你们烧？我就说，你给谁烧的炕呢？他回答，给你呀。我说，错！你是给你老婆和你儿子烧炕呢，请问，你给我烧了吗？老公一想，是呀，我给我老婆和儿子烧炕呢，还委屈个啥？哈哈，一到冬天，老公就心甘情愿地给我们烧炕了。

听得众人大笑。山花嫂说话就爱急转弯儿，她老公那犟脾气在全村是出了名的，愣是让她整治的没了脾气。

山花嫂的男人山哥，最大的爱好就是喝酒，一大杯酒倒上，一大口就干了。山花嫂就生气，别这样灌酒，伤胃。

嗯，知道了。山哥就又灌了一杯。

酒是要品的，你这样喝酒是糟蹋粮食了。

知道了。

喝酒多了，成了酒精肝就中毒了。

你还有完没完？俺下回不喝就是了！

下次看见他喝酒，又是大口灌，山花嫂没办法了，就说他，你不会少喝点啊？慢点喝能死啊？

没办法，兄弟们劝酒都这样喝的，习惯了。

人家没拎着你脖子灌你吧，俺看还是你想喝。你说你喝死了，最痛苦的是谁？你兄弟？还是你姐妹？

山哥闻听此言，怒目圆睁，你个破嘴的娘们儿，咒我死呢！

山花嫂不干了，她大骂，如果你死了最痛苦的是我！你兄弟姐妹出了咱这个门，人家就把你忘了，人家家里有暖脚的。你的儿女长大了，也成家立业了，人家也有暖脚的。可俺没有就没有了，难不成俺再找个暖脚的去？

山哥被山花气笑了，好，为了你不再找个暖脚的，俺就不喝那么多酒了，俺以后慢慢品酒还不成吗？

说归说，放了年假的山哥继续喝酒，每喝必醉，山花唠叨他，他一生气就奔大山下套子套兔子去了。他是被梗嫂的老公梗哥背回来的。下了一场大雪，山哥的双脚陷进了雪窝子里，被石缝咬住了，要不是梗哥发现得及时，恐怕山哥就要被冻死在大山里了。

梗哥说，山花嫂，山哥的脚怕是冻坏了，你赶快挖两盆雪，用雪搓，千万别用热水暖，那样的话，双脚就废了。争取保住山哥的一双脚！

山花嫂抹着眼泪挖来雪，使劲搓啊揉啊，山哥还是说没有知觉。山花解开袄扣子，一把把男人冰凉的脚放进了怀里，山哥的双脚一碰上山花温暖的皮肤，抽搐了一下，山花喜极而泣，有知觉了，有知觉了！

山哥想抽回双脚，他知道，女人最怕凉的，但被山花死死抱住，俺愿意给你暖一辈子脚，只要你无恙！

梗哥在一旁看了，默默退出，他觉得，无论女人给男人暖脚还是男人给女人暖脚，其实都挺好，不丢人。

小偷日记

那时候在郑州小小说高研班学习，《小偷日记》是老师出的一个同题赛的题目。我想，如果大家写的话，肯定要写真正的小偷的，我就反其道而行之，写成了下面这个小偷。哈哈，刚才自己又看了一遍，好可爱的小偷哦！

2013年12月30日微雪

别人家都吃年夜饺子了，我还在大街上游荡，爹娘太狠心了，趴在土里不肯出来给我包饺子吃，哼！我也不去给他们送纸钱花。左瞅瞅，右瞅瞅，没人，欻起二寡妇的鸭子就跑，今晚人家吃饺子，咱回家吃烤鸭喽!

2014年正月15日大雪

今天雪太大了,没了脚脖子,又是人家说的情人节。外面有钱人家放烟花了,刺啦刺啦把天照得贼亮。

二寡妇的儿子当兵没回来,就她一人在家,正好去踅摸点儿好吃的。

到了二寡妇门儿,黑咕隆咚的,悄悄爬过墙头,嘿!门没锁,摸到锅台,什么也没有,就又摸到她床前,借着窗口透进来的烟花亮,看见个秃脑袋和一个长头发挨着,秃脑袋怎么那么熟呢?喔,是师傅,是他带我学会了偷,现在他去开大货车了,撇下我一个人孤苦伶仃的,一看见他我就生气,干脆抱了他衣服就走。

出了大门儿,寻个槐树杈子就把师傅的衣服挂上了。

2014年正月16日晴

我一觉睡到十点多,使劲裹裹年前二寡妇给我拆洗的被子不肯起来,寻思着,昨晚我干的事是不是太缺德了?一骨碌爬下床,穿起师傅给我买的新衣服就跑。

大老远地就听见二寡妇在哭,谁这么缺德呀,挂个男人衣服埋汰俺,俺守寡这么多年了,可是清清白白的哟!

师傅换了一身衣服也站在人群里看,就听有人说,这不是二秃子的衣服吗?怎么在这里了?师傅挠挠秃头笑,是啊,谁这么缺德,把俺衣服挂这里埋汰二妹妹,二妹妹你别哭了,俺这就把衣服收回去。

旁边有乡亲敲边鼓,二秃子,二妹的地是你帮忙种的,你和你干儿子的被褥是她给缝的,不如你们凑一家吧。

二寡妇听了,瞥一眼师傅就跑回家关了门,那些人就撺掇师傅,去敲门呀,去呀!

师傅果真去敲门,二寡妇却不开。

我就纳了闷了,师傅难不成半夜里是光着屁股跑回去的?不

草戒指

冷吗？

2014年正月17日晴

　　没起床，就被师傅按在被窝里一顿胖揍，你个死小子，明知道是师傅，你还挂俺衣服埋汰俺，整得满大街闲言碎语的，你让俺以后怎么出门！

　　谁埋汰你了，是那个二寡妇不守信用，她说我给她保守秘密，她就给我锅台上留吃的，前晚她没留。

　　二寡妇也是你叫的？俺出车很晚才回来，她忙着招待俺了，大概忘记给你留饭了。

　　她忘记了就行了吗？俺还饿着呢！

　　让你回学校你不回，从今天起，你给我跟车去，别老在村里偷鸡摸狗拔蒜苗了。

　　你以前不也是这样偷的吗？我不去，我还小！

　　那是以前人穷，没办法，你看俺现在都后悔了，想娶个媳妇都难，多亏了二寡妇资助，俺才买得起大货车。你就不同了，现在才十六，师傅一定让你好好学一门手艺，你爹娘死了，以后的事情就由我来给你操持，去不去的，可由不得你！

2014年正月18日晴

　　今天，我跟师傅出车，二寡妇哭着送我，可怜的孩子哟，没爹没妈的，以后要照顾好自己哟！

　　自从爹妈死了，我很多年都不知道哭是什么感觉了，现在却有咸咸的液体流进嘴里，是眼泪么？

2014年5月1日星期四小雨

　　忙得很久没有记日记了，忘了农历，索性就以阳历来记。到今天为止，已经出车两个多月了，我和师傅都想家了，二寡妇就在村头迎我们，我甜甜地叫了一声：师娘！

　　二寡妇的脸就红了，看师傅的眼光也不一样了，有喝醉了的感觉。

装什么装，你们天天晚上煲电话粥，烦都烦死了。我就在想，今晚他们在一起的时候，我把师傅的衣服挂哪儿好呢？

2014 年 5 月 2 日星期五晴

二寡妇的儿子当兵回来探家了，他约我过去。哇！那么多丰盛的菜肴啊！从我记事起好像就没吃过，我捏了一点就往嘴里送，二寡妇笑着打我一下，小馋猫，等你师傅来了就开席。

师傅来了，他的秃脑门儿更亮了，穿着一身灰西服，胸口上别着小红花，新郎两个字在上面飘着，像梁祝里的蝴蝶，真好看。

见了我就瞪眼的村长也来了，他那张驴脸笑起来还蛮好看的，他宣布，梁图和朱英的婚礼，现在开始……

他们什么时候成一家人了？那我呢？

二寡妇的儿子走到我跟前儿，一拍我肩膀，兄弟，你已经长成男子汉了，哥不在家的时候，爸妈就由你来照顾，明天你收拾收拾就搬过来住！

嗯！我挺挺胸脯，重重地答应，我忽然觉得我又长高了许多！

许老师买彩票

这一篇本来不想上这里的，怕惹人误会，但现在的教育机制需要改革了，虽然不能像文中的许老师那样教孩子们买彩票，但也要增加孩子们融入社会的能力，也算是对人生轨迹的感悟吧！

那年正是改革开放的年代，教代数的小许老师也想下海经商，爹娘反对，我们好不容易供出一个吃国家饭的，仗着有俩知识，你小子还猖狂得不知姓什么了！刚结婚的媳妇更反对，经商没有好的

草戒指

头脑,仅凭一腔热血是不行的,咱俩都是教师,每月也有些收入,你看,总比土里刨食的乡亲们强吧?

小许老师没办法更改家里的决定,但老觉得舍不下这口气,就和同科室的几个同事一商量怎么发财。咱们集体买福利彩票吧,不耽误教学。一块钱一张的彩票,中了咱们当集体资金利滚利,不中,咱们就当捐款给困难户了。

他们推荐头脑活络的小许老师去买,那时候,买彩票得去市里。

渐渐地,他们有了收获,虽然是三块五块的收入,但这是他们另一种价值的实现,他们打心眼里喜欢上了彩票。后来,他们买选号的彩票。办公室,操场上,都有他们聚在一起研究彩票的身影。

看着手中的资金在一天天增多,小许老师就连做梦都是中大奖的梦。买彩票的事,他们是瞒着家里人和学校领导偷偷干的,直到有一天,有个家长找到学校领导告状,说,老师不好好教学,在教孩子们买彩票,这还了得,这不是明显在带坏孩子吗?

学校领导虽然有所耳闻,但看看这些年轻的教师教学成绩还不错,就没有在意。这次有学生家长来告状了,这才引起他的重视。学校领导赶紧叫始作俑者小许老师来解决问题。

家长指着手里一张画得乱七八糟的图说,孩子一回到家就在纸上划什么图形,写一些数字,我问他在干什么,他说是老师在课余时间讲的彩票出号规律图。领导你说,十四五岁的孩子他懂什么叫彩票啊,我都不懂!

领导说,我也不懂,小许,你快说说让孩子研究彩票有什么好处呢?领导向小许老师挤眼睛,他意思是说,捡好听的说,打发走人了事。

小许嘻嘻一笑,这图叫概率图,是每期彩票中奖的号码走势图,你看,这里,那里,就是每期经常出现的号码叠交的地方。

小许老师,你说那些我不懂,你就说买彩票有什么好处吧。

买彩票最大的好处就是锻炼了头脑，能清楚分析问题。

那买彩票的坏处呢？

小许愣怔一会儿才说，就是花了钱不中奖。

啊？你那不是让我们孩子学赌博吗？

那不是赌博，中了就发财了，没中就当买福利捐款了。

你说你这个老师，教什么不好，偏偏教我们孩子赌博，我们农民供个学生容易吗？我儿子学习很好，他如果考不上高中，你给我补偿损失！

其实彩票是福利性质的……

领导你看，他还辩解！

最后闹得不欢而散，为了平息这次负面影响，小许老师被调离那个学校。

再后来，极具戏剧性的是，那个学生大学毕业成了专职彩票操盘手，挣得盆满钵满。

涅　槃

这篇是生命感悟里的最后一篇，俺精选下。哈，终于找到了，《涅槃》将会让您看到一个不一样的世界！

王信用直直腰，腾出一只手托托背后的旅行包，挂起登山杖继续前行。

抬眼望望压上山顶的乌云，本来就不好的心情更沉重了。趁着雨未到来之前，得抓紧爬上山崖搭好帐篷。

终于攀上了山顶，长吐一口气，回头望望山下，云雾缭绕。

四下打量，陡峭的崖壁上，一个大大的鹰巢凌驾于两块突起的岩石之间，一只老鹰正虎视眈眈地打量着这个不速之客。

这就是传说中的鹰王了吧？

这只鹰的体型介于雕与鹰之间，硕大身材，眼神犀利，闪着青玉光泽的鹰嘴微弯，一双有力的翅膀正欲飞扑而来！王信用忙从背后抽出猎枪瞄准鹰王，鹰王扑闪了半天翅膀，厚厚的羽翼却带不起它的体重。

这只鹰王老了，一如他即将倒闭的工厂。面对已经老去的猛禽，他缓缓收起枪，开始搭建帐篷。为了防雷击，就把帐篷建在毗邻鹰巢的一块大岩石下。看看越来越低的乌云，手里加紧了搭建的速度。

当他把睡袋扔进帐篷时，豆大的雨点纷纷落下。一回头，瞟见鹰忽然伸出了一条腿，露出利爪，它猛地一爪子抓向丰厚的羽毛，疼得它啾地一声鸣叫，王信用正要迈进帐篷的脚停住了，鹰王的喙和爪闪着青幽幽的光泽，看起来那么年轻，现在又在撕扯厚重无光泽的羽毛，它不会真像电脑上记录的那样，在涅槃吧？

来之前，他专门查了关于鹰的资料，鹰大约到了四十岁就要涅槃一次，它会把老化弯曲的鹰嘴甩向岩石，摔碎，待长出新喙，用锋利的新喙把脚趾上厚厚的角质层啄起吞下，等新爪长成后，又用利爪把厚重的羽毛抓下，换上轻灵的羽毛。涅槃过程大约需要几个月才能完成，期间，它不离开鹰巢，全靠消耗自身营养来维持生命。

忽然，大风刮起，雨点如筛豆般砸向帐篷。深山六月寒，王信用躲进帐篷披上羽绒服，鹰却迎风冒雨在撕扯着自己的羽毛，大的翎羽纷纷落入山谷，小绒毛就被它一口吞下。王信用忽然明白，鸡饲料里也是掺了羽毛粉的，能促进新羽诞生。

天渐渐黑了，狂风呼啸声、雨点砸向帐篷声、闪电惊雷声、鹰悲哀的啾啾声、甚至他还听到了被生扯下的羽毛落地的声音，混成了一首慷慨激昂的悲歌，让王信用久久不能入睡。

不远处，忽然发出轰隆隆巨响，山体滑坡了！王信用不怕死，

第一辑 生命感悟

在商场如战场里,他经历了无数次生死拼搏。

天色微明,暴雨歇了,他走出帐篷,一只光秃秃的"大鸡"蹲在鹰巢里,两只犀利的眼睛正逼视着他。

这真的就是朋友说的那只鹰王?和他想象的鹰王形象差之千里。他不想再看什么鹰王了,烦人的生意在等着他去处理,可沉入生意漩涡的工厂濒临倒闭,他还有必要回去吗?债,扯不完的三角债啊!下级商户逼他,他就逼上级,险些把合作伙伴逼得跳河。

回不回去?他犹豫了。

吃早餐时,他掰了块火腿扔给鹰,鹰一伸嘴,把火腿肠挡出巢外,落进山谷。

太阳晒得岩石滚烫,他躲进帐篷,鹰就在烈日下暴晒,暴露的皮肤起了皮结了痂,它欢快地啾啾鸣叫起来。

第二天,鹰王全身布满一层绒毛,像初生的鸡仔。

王信用想下山了,看看前面的路被暴雨淋滑坡了,根本没有了回去的路。唉!开弓没有回头箭,既然逃出商战漩涡,索性就再多玩几天吧。看看这只鹰到底会成什么样子。

半个月过去了,鹰裸露在六月多变的天气里接受洗礼,终于羽翼丰满了。帐篷里,王信用吃着最后一包方便面,喝着外面刚接的雨水,想着鹰王涅槃的过程,叹了口气,总躲债也不是个事,还是回去重新再来吧。

顺着原路,一步步攀下山崖,到山体滑坡处,他正无路可走,忽然看见,鹰展开阔大轻灵的羽翼,翱翔于蓝天白云间,利爪和新喙在阳光下,熠熠生辉。他看得呆了,鹰王!真正的鹰王诞生了!它一会儿轻灵扶云直上,一忽儿勇猛俯冲,简直完美极了!忽然,它一个俯冲,直奔这个窥视它半个月的偷窥者而来!

王信用大惊,知道猛禽会伤人的,忙掏出猎枪迎战。鹰用有力的翅膀一扫,差点把他扫落山谷!他那把借朋友的猎枪也跌入谷下!

27

草戒指

完了！王信用闭了眼也在等着跌入深谷，却感觉身体轻飘飘飞上了云端，他知道，这是鹰杀死大型猎物的一种手段，提高了猎物再甩向山崖！它想摔死我！王信用恐惧地啊啊大叫……

几年后，一家企业举行上市庆典，威武的鹰王标本矗立在豪华的大厅正中，客户们发现，鹰王犀利的眼神背后，似乎有别的情愫在闪动，是什么感觉呢？当大家纷纷举着红酒杯在那里议论的时候，王信用董事长说，这是我花高价买的死鹰标本，救我的那只鹰王还在高山白云间翱翔呢！

看着王老板睿智宽容的眼光，大家明白了，鹰王的眼神背后隐藏的是商战的秘密，当你的合作伙伴还剩最后一件御寒衣服的时候，你千万要在日落前给他送去。否则，他失去了，你什么也就没有了。

第二辑　爱情麻辣烫

　　我把第一辑的几篇小说发给文友们看,他们说像男人手笔写的,没有女人的温柔劲儿。我尊敬的朋友,您看看这一章的手笔像不像女人呢?他们说我是女汉子啊!汗!汗!

　　在这一章里,我写了很多有关于两个人或三个人的爱恨纠葛的小说,他们演绎着他们的爱恨情仇,我们在外围看着他们的热闹。我们完全可以在真性情里勇敢去爱,人生短暂,何苦要留遗憾在人间呢?

婚姻末班车

　　这一篇我是根据我们这里一个实事改编的,男主人公四大员的求偶条件是真实的,里面的故事半真半假,他现在虽然没有二妮陪伴,但也找了个二婚女人,日子过得舒心惬意。

　　当二妮的第二个孩子考上大学的时候,吴三和二妮成婚了。婚礼简朴热闹,有好哥们就问吴三,时隔二十多年,你怎么又勾搭上

草戒指

三嫂了？是你追的她吧？

切！什么叫勾搭？俺是资助她的两个孩子上学，她非跟俺好，是吧？二妹？

徐娘半老的二妮一脸羞红，三哥说是就是吧，俺愿意！

二妮很早的时候就愿意，因为，他们从小玩过家家就喜欢扮一家人，一个是妈，一个是爹，还生了一大堆泥娃娃。

那一年，吴三从南方战场负伤复员，被安排到公社防疫站，他无论走到哪个大队，都会被大姑娘小媳妇淹没，每逢被围观，他都会拧拧粗黑的眉毛，一双大眼睛透出不耐烦。

二妮长得越来越漂亮了，像杨贵妃一样雍容华贵，还没等媒人说，二妮就送来两双绣花鞋垫，三哥哥，俺知道你汗脚，看看这鞋垫合适不？

二妹呀，俺又不是文化人，没那么多讲究。吴三看看鞋垫上的鸳鸯，犹豫着推开了二妮伸出的小嫩手，骑上大金鹿自行车走了，留给二妮穿草绿色军装的背影，宽阔的背影深深印在二妮的心里，胸膛也一定很宽阔吧？二妮想着，两片红霞就飞上了脸颊。

二妮一整个夏天没出门，她听说吴三又相亲了，是南村的三丫，三丫长得柳眉凤眼杨柳细腰的，在小小的山村里也算是数一数二的漂亮人物，她爱慕吴三已久，经常在吴三上班的路上巧遇，让他顺路带着去公社驻地的姐姐家，她托媒人去说，吴三却说，瘦得像赵飞燕似得，能生个儿子吗？气得三丫当年就嫁给了村里的赤脚医生。

吴三有才，那时候每个村里都有戏剧团，业余时间他就回村里唱黄梅戏，他饰演的皇帝威风八面，声音也格外高亢嘹亮。夜幕降临，村里锣鼓一响，邻村的小媳妇大姑娘们就来看戏了，只要吴三一出场就是碰头好。有一次有个小青年看着眼气，趁着吴三正表演到鹞子翻身时扔来一块西瓜皮，吴三就摔倒了，结果大姑娘小媳妇的，上来一大堆扶他。吴三索性躺在地上任由女人们抚摸揉搓，直气得那个小青年暗暗骂娘。

二妮不敢上去扶,她怕吴三那双生气时瞪大的眼睛,她只能酸溜溜地远远看着。

有好哥们看吴三高不成低不就的,就问他,你到底想要什么样的媳妇!你再等,黄瓜菜都凉了!吴三却答,俺的媳妇要长得像演员,说起话来像播音员,走起路来像运动员,不是党员是团员。

啊?你这是找媳妇么?分明是在选妃么!

村里人就给吴三起了个外号叫四大员。

四大员叫开后,吴三家再也没有媒人登门了,女孩子们都自惭形秽绕着他走。二妮也嫁给了村里的民办教师,并有了一双儿女。

就这样,吴三的浓密乌发被岁月抽干变白,可还是没有找到符合他条件的媳妇。公社改乡的时候,他被乡里补偿了点工资辞退了,现在光大学生都用不了,没文凭没后台的就只有下岗了。

自从包干到户,每家都养了鸡鸭牛羊的,他倒比有工作时忙碌很多。辛勤劳动换来丰厚回报,有钱了,好哥们就劝他,弄个回头媳妇也不错,他说没那感觉。又有人说,要不去南方买个?他说那是犯法,党员不干犯法的事。

二妮的丈夫下岗后,在建筑高楼时摔死了,一个人拉巴俩孩子困难重重,学校领导说,有人愿意资助孩子们读高中,如果孩子们能考上大学,他愿意资助到底。

二妮想知道那人是谁,好日后报答。学校领导说,资助是不透露姓名的。

一向好强的二妮终于打听到了那个资助孩子们的人,是吴三!

二妮就找到吴三,问,三哥哥为什么要资助我们啊?

我一个孤老头子,留着钱有什么用?更何况咱们从小一起长大,帮助你是应该的。

三哥哥为什么还不结婚?难道是真得没有合适的么?如今孤身

草戒指

一人就不后悔么？二妮犹豫着说出憋了半辈子的话。

这……

三哥哥有话尽管说。

上了年纪，始终忘不了小时候过家家的情形，和你鞋垫上相依相偎的鸳鸯。再说我那伤……嗨！错过了就错过了，现在也不后悔了！

你那伤？咋啦？

我因伤复员，伤了……那地方，医生说，终身不育。所以我开出找对象条件……我不能害了你呀！

三哥哥……二妮说不下去了，大颗泪珠儿落下。

吴三和二妮结婚那天，二妮喝醉了，她说，她愿意嫁给吴三，很早很早的时候就愿意。

吴三就搂紧了她，挨个给乡亲们敬酒。

村里有个女人叫小芳

是你说的？上一篇不够女人味儿，甚至一点女人味儿都没有。好吧，我承认，我看了一遍后，也觉得女人味儿是不太够，那就再看这篇吧！

刚子一进村就听见了风言风语，那个叫小芳的寡妇想再嫁，可是条件却离奇。

刚子知道小芳是工友强子的媳妇。两年前，他和强子在一起建楼，是钢筋工。高高的楼外沿是保险网，他们踩在架子上扎钢筋。那时的强子是幸福的，有个如花似玉的娇妻，有个乖巧的女儿。一个架子扎接处的松动，为这个幸福的家画上了句号，刚子清楚地看到，强子像一片秋天的树叶飘下高楼,刚子却安然无恙。

刚子很想去看看小芳,可又担心寡妇门前是非多。可还是没忍住,还是去看看吧,强子的老娘还瘫在床上呢。

轻轻的敲门声把沉浸在回忆里的小芳惊醒,打开门一看,是长得又高又黑的刚子,她侧身让刚子进来,刚子讪讪地说,我是来看看大娘的。

强子娘听见有人说话,就招呼,是刚子吗?你进来,我有话跟你说。

大娘还好吧?

我很好,你来也是想娶小芳的吧?

大娘怎么这么说,我就是想大娘了,过来看看。

唉!自从强子一死,建筑老板补偿了点钱,我们家不缺钱,就缺个男人撑家。

旁边的小芳眼里顿时蒙上一层雾,她微低了头说,娘,看您说的什么话,我照样能支撑起这个家!

刚子扭头看见,小芳的眼里溢满柔柔暖暖的光。那一刻,他的心动了。

大娘,我听村上的人说,小芳嫂子再嫁是有条件的,是吗?

别听他们瞎掰,我儿媳妇温柔又贤惠,搁下笆子拾扫帚,一刻也不闲着。你如果看着她好,就娶了她,保管你会幸福一辈子!放心,我不会拖累你们的,我又不是强子的亲娘,不用管我。

娘!看您都说的什么话,不管您是不是强子的亲娘,您都是我的婆婆,就是我的亲娘!

刚子又看见,小芳的眼里闪着坚毅的光芒,他猜到了,她再嫁的条件是想带着婆婆一起生活。

一辈子无儿无女的强子娘,四十多岁才抱养了强子,强子长大成人娶了媳妇,又有了孩子,眼看着日子一天比一天好,谁知强子不幸英年早逝，她又得了偏瘫，需要人伺候。

小芳端来茶，一杯给刚子，一杯喂给婆母，动作娴熟，手势轻柔，一缕秀发耷拉下来，刚子看得心动，这样的好媳妇上哪里去找？自己也快三十了，也该成个家了。

大娘，那您就把小芳嫁给我吧，我保证会好好孝敬您到百年之后的。

咋？你答应娶我家小芳了？好，我一个孤老婆子不用你们管。

不！你是小芳的婆婆，就是我的亲娘，我和小芳一起照顾您！

你娘同意吗？

我娘她会同意的。

刚子的娘一听见儿子想娶寡妇小芳就来气：她有克夫的命，而且还带了俩拖油瓶，你不能娶她！

不，我一定要娶她，而且还要为她的家庭负责，养孩子和她婆母。

儿子你疯了吧？

我没疯，要不是强子推了我一把，也许死的那个人就是我，也许现在沉浸在丧子之痛里的人就是您啊！

金秋十月，正是硕果累累收获的季节，刚子的爱情也收获了，他有了两个娘一个媳妇和一个女儿。

远在天堂的强子安息吧，虽然你没有推我一把，但我会好好照顾她们的。新婚之夜，刚子默默地说。

相见恨晚

哈，您看完上一篇一定会说，女主人公小芳倒是温柔了，但没看见你的笔触细腻如女人呀。好吧，俺就拿出俺最温柔的一篇吧！

> 第二辑 爱情麻辣烫

女孩上花轿那天，天哭了，女孩也哭了，桃花败了，梨花带雨。轿夫唱着抬轿歌行走在雨里，歌声就在山谷里回荡，妹妹坐轿中啊，哥哥是抬花轿，妹妹嘻嘻笑啊，哥哥是心悲凉，妹妹啊几时回家乡……

远远的山谷里传来竹笛声，和着花轿歌缠绕，绕成了解不开的结。

坐在道旁大石上的男子兀自吹着竹笛，细碎的雨滴顺着倔强的头发滴下，走在眼前的花轿颠过，男子没有抬头，女孩也没有揭开轿帘，空旷的山谷里，竹笛回音袅袅，跟着花轿颠出山谷，飘向大山外繁华的集市。

集市上，女孩乌黑的麻花辫已经盘在脑后绾成了好看的圆，女孩就变成了女人。女人一手提了菜一手拉着小不点儿，脸上就洒满了阳光镀了一层金色，如圣母般。身后的男人一跛一跛跟着，总也走不到女人的前面。女人走走停停停停走走，小不点儿就长大了，长得如吹竹笛的男子一样伟岸。

柴米油盐浸润出烟火的味道，岁月沧桑也爬满女人的脸，当她再走进山谷的时候，蓦然响起竹笛声，凄凉哀婉。女人没有四顾寻找，这声音在梦里已经重复了无数遍。

笛声轻灵缠绵，一直在梦里陪伴了这么些年，只是不知道、也不敢打听，他……还好吗？

梨 心

相信你在嘀咕了，净糊弄人，上一篇分明就是散文嘛，干嘛归类到小小说里，而且还这么短。说实话，《相见恨晚》是我尝试用韵律写的一篇微型小说，下面这篇《梨心》您看了一定会说，女人味儿浓了。

35

草戒指

每年梨花盛开时节，俊伟再忙都会搬个板凳坐在自家门前的老梨树下深思一会儿，媳妇就说，瞧，又犯花痴了。

也算犯花痴吧，瞧着满山遍野的白，有种想哭的冲动，梨花，你过得还好吗？

门前的老梨树干就像它的年轮一样，开裂成时间隧道。他的思想就顺着这时间隧道又回到了过去……

漫山遍野的梨花正开得轰轰烈烈。哥，你说这梨花像啥？梨花银铃般的声音真好听。

像新娘子头上的婚纱，戴在你头上，一定好看。俊伟望着连绵不断的梨花云，摘一朵梨花戴在她鬓间说。

梨花的白，白得忧伤呢！

梨花你看，春风一吹，好大的梨花雪，多美！

哥，明天我就要进城打工了，送送我好吗？

不走不行吗？这里也要开发成旅游区了，咱们正好大有作为呀！俊伟轻轻揽住梨花的后腰。

梨花把头后仰，偎着他的脖子蹭着，俊伟就把厚实的嘴唇吻了下去……

呆想的俊伟笑了，笑得苦涩。自从梨花进了城，就没再见过面。梨花的父亲说，她在城里高楼大厦地住着，锦衣玉食地享用着，回这穷乡僻壤干什么！

事业刚刚起步的自己，是配不上梨花的，梨花长得美，光追求她的小伙子就有好几打，梨花能看上自己，又陪着他走过青葱岁月，那是他的福气。

一夜之间，门前老梨树的花扑啦啦全开了，这棵梨树叫紫苏梨，花开重瓣。俊伟默念，梨花啊，今年又会结很多的紫苏梨，你等着啊，秋末的时候我摘给你吃。想到这里，俊伟的心莫名地一扎，她再也不需要紫苏梨了，大城市的医院里什么样的药物没有呢？

俊伟正看得神伤，媳妇猛喊一嗓子，你个要死的，还犯花痴呢，有客人来了，快给客人上菜呐！

媳妇一跛一跛地进了院子，她温柔体贴，就是腿有些跛，一双儿女活泼可爱，家庭饭店也开得红红火火，他还在等待什么呢？就连他自己也弄不明白。

他决定砍了门前的老梨树断了念想。媳妇反对，这棵老梨树是老祖们栽的，层层叠叠的重瓣花，是咱老君山上独一无二的，不能砍。

我一看见这棵树就难受。

砍了，你更难受。

真的？

真的！

望着媳妇真挚的眼神，俊伟妥协了。

梨花会过后，游客渐渐少了，俊伟开始打理自己的梨行，最开始成熟的是雪花梨，这种梨最大的优点是，未开时，粉白的骨朵上一抹红，像极了美丽的梨花。该死，怎么又想到梨花了呢？

他的梨行里，品种最多，丰水梨、金皮秋、苹果梨等，一到秋天，果园里五光十色，个个树都成了骄傲的母亲，压低的枝头似乎在炫耀着自己的宝贝。

最晚成熟的就是家门前的紫苏梨了，紫苏梨又叫疙瘩梨，它果色紫红，表面疙疙瘩瘩，肉质粗糙，在那个贫穷的年代小孩子爱吃，现在就是熟落地，也没有人吃了。

记得刚结婚那年，俊伟照例收拾好紫苏梨搁在纸箱里，妻子在旁边吃吃笑了，当家的，现在的细腻水果都吃不了，你还要那破玩意儿干啥。

习惯了。到时候你就知道了。

冬天天气干燥容易咳嗽，俊伟的媳妇怀孕三个月也咳嗽了，怕吃药对孩子有影响，俊伟就找出紫苏梨，切片，加水放入冰糖熬。

草戒指

出锅了，再加上蜂蜜，端给正在咳嗽的妻子，妻子疑惑地看看他，他示意她喝，她喝了，甘甜爽口，不由得赞叹一声，真好喝！

俊伟有一刹那的晃神，以为媳妇就是梨花。记得以前每年的冬天，梨花也是这么赞叹的。

又到了桃红梨白季节，梨花渐渐淡出了俊伟忙碌的生活，忽听一声银铃脆喊，俊伟哥，我回来了！

梨花深处，珠光宝气的梨花正款款走来，一伟岸男人牵着一个小女孩紧随其后。

是梨花！俊伟怔住了，他看看她身后的男人，男人微微点头，宽幅眼镜下，一双城里人特有的矜持眼神在闪烁。

俊伟压住心中的澎湃，只淡淡一声，来了？进屋，我给你们炒菜。

梨花到处看，就看见了紫苏梨花，它还是老样子，一点儿都没变！

俊伟幽幽回答，是啊，变的是人。

是环境改变了人啊！梨花也幽幽回答。

俊伟哥，我经常给爱人和孩子说起紫苏梨很甜很甜的，你还有吗？

有。梨花从小就有哮喘病，冬天更厉害，贫穷的日子里，梨花就是靠着紫苏梨度过了很多憋闷的岁月。

接过他递过来的紫苏梨，咬一口，皱一下眉，再咬一口，咦一声，俊伟哥，梨心是酸的。

这正是它宝贵的药用价值啊。

以前怎么没觉出是酸的呢？

俊伟搓搓手，无法回答。

看见客人来了，妻子赶紧催促，当家的，炒菜去呀。

出了门儿，听妻子在对梨花说，这可是我家当家的珍藏品呢！有首歌里不是这么唱的嘛，酸酸甜甜总是情啊！

他为什么要保存呢？

当家的说习惯了保存。

乍听习惯了保存，梨花眼前氤氲成一片。

走进厨房的俊伟在心里轻呼一声，你幸福就好。

郁积多年的忧郁愤恨惆怅顿时化为乌有，他脚步轻松地迈进了厨房，窗外，紫苏梨花开得正烈，它不正像自己朴实无华的妻子吗？

草戒指

好吧，我承认，我的笔触是不够细腻的，但我会尽力写感人点儿再感人点儿的，下面这个故事可就有些扯淡了，竟然让小三打到了结发妻子那里，您说这男人是窝囊呢？还是欠揍？

有人说，一年的婚姻是纸婚，五年的婚姻是锡婚，只有过了七年之痒的婚姻才能走得长久，可英子屈指算来，她和周强从小青梅竹马一起长大，已经认识了三十多年了。

她清楚记得那年夏天里，一个小男孩给她编了个草戒指，说是送给心爱女孩的。她也清楚记得那年他当兵临走时，他又送给她一只草戒指，说让她等他回来的。

可天有不测风云，周强的母亲突然病重，英子不顾家人的反对住进了他家，她说，强哥是去保卫祖国了，我应该让他没有后顾之忧。

英子夜不解带地伺候周强的母亲，等他回来时，母亲已经不行了，母亲临走时拉着他的手说，英子是个好孩子，你多疼疼她。

送走母亲，周强又回到部队，这一去就是五年。五年来，英子虽然没有和周强结婚，但她尽心尽力照应着这个家，为他父亲

草戒指

和弟弟拆洗被褥，为他们做可口的饭菜，她尽着一个做儿媳妇的责任。

在千呼万盼中，周强终于回来和英子结婚了。他来去匆匆，没有给她买钻戒和衣服，甜蜜的日子才刚刚开始，他又回到了部队。

英子有了一个乖巧的儿子，刚三十岁的她，眼角爬上了细细的皱纹。昔日水嫩白皙的双颊也升起了两颗红太阳。

周强复员了，英子终于盼来了顶梁柱，但他被分配到城里一个不景气的企业，每个月没有多少薪水可拿，看着自己的同龄人都成了富翁，心气高的周强自己开了一家公司，他文化不高，但凭着诚实守信的农民作风，生意竟也做得风生水起。

就在他打算接英子和儿子进城的时候，不幸的事又发生了，周强的父亲得了半身不遂，躺在炕上需要人照料。周强勉强伺候老爹一个星期就回去上班了，英子知道，公司里离不开他。

婆婆生病，英子还好伺候，可眼下是公公，解个手换个尿布什么的也太那个了。没办法，丈夫为了这个家去做生意，小叔子正在上大学，眼下只有豁出去了，她只有腆下脸来伺候。

周强在外面时间长了，就有风言风语传入英子的耳朵里，周强外面有人了！英子忙打电话求证，周强在那边斩钉截铁地说没有。英子半信半疑地挂了电话。

忽然有一天，一个穿着入时，自称是燕子的年轻女孩推开了英子陈旧的大门，你是强哥的媳妇英子吧，我和他好上了，他不爱你了，你还霸着他干嘛？！

英子正晒着尿布的手停在了半空里！

那女孩抚摸着白皙手上的钻戒说，你看，强哥给我买的定情信物！

英子被钻戒的闪光晃了一下，险些摔倒！一只手臂扶住了她，是周强回来了。他拉住英子说，你不要相信她的鬼话，我不会那么做的。

英子早已泣不成声，她回想起两小无猜的订婚草戒、替强哥照顾母亲、儿子有病了她一个人抱着儿子跑十几里山路、为公公擦屎刮尿……她累了，真的累了！她慢慢推开他，对燕子说，我儿子你能当你儿子疼吗？

能！为了你儿子，我愿意终身不要孩子！

你能伺候公公像伺候自己的亲爹吗？

我能！这点小事有什么难的？燕子眼里闪过不屑的神情。

忽然，北屋里传来苍老的声音，娘！我又拉了！

英子示意燕子去伺候，燕子一溜小跑跑进屋里，紧接着又一溜小跑捏着鼻子跑回来了。

英子站着不动，周强没法，进去伺候老爹拉屎，只听哗啦一声，他被泼了满脸的尿，只听那个苍老的声音说，你这个王八犊子是谁？你滚，我要我娘伺候！

原来，周强的父亲偏瘫引发脑萎缩，到了只有认娘的份儿了，他把对他最好的英子认作了娘。

周强拉了拉英子，英子满脸不悦地进去，不一会儿拎出一块尿布，上面是黄呀呀的屎，她上水管那里用水龇，然后用刷子刷，再用肥皂洗。周强看着眼前的一切，这些活本来应该是他干的呀，他眼一热，英子，你为什么不买尿不湿？

你说资金少，能省一个是一个。

那可是我爹呀！他得多受罪啊！

医生说了，瘫痪在床的人尽量不能用尿不湿，容易生褥疮。英子波澜不惊地说，我终于解脱了！你的戒指还给你！她跑进东屋，拿着一样东西放进周强的手里。周强看着躺在手心里的草戒指，眼睛潮湿了，干瘪的戒指已经没有了生气，那是他临当兵前送给英子

草戒指

的定情信物！

　　看看认识才几天的燕子手上的钻戒，再看看妻子拿来的草戒指，他真想打自己两巴掌！

　　院门响动，儿子朝气的笑脸闪进来，他扑向爸爸，爸爸，我昨晚梦见你接我们进城了，你还给我买了很多玩具呢！

　　周强一把搂住了儿子，明天你和爷爷还有妈妈都上城里住，我给你买玩具，还要给你妈买大戒指。

　　燕子识趣地走了。英子咬咬牙说，我不要钻戒，只要你再给我编一只草戒指！

树缠藤

　　这一个故事也是哀怨忧伤如史诗般，但无论怎样忧伤，只要不放弃，不抛弃，明天的太阳依然灿烂！

　　小山村就卧在青州弥水河畔，古老的弥河水滋养着一方淳朴的人。村东老张家生了个大胖小子，父亲抬头望望院子里的椿树说，就叫树吧。事有凑巧，同一天，村西老王家诞下一女，母亲抬头望望满院子的藤萝正开得轰轰烈烈——就叫藤吧。

　　小时候的树摸着椿树，学着父亲的话说，椿树王，椿树王，你长粗来我长长，你长粗来好当梁，我长长来穿衣裳。果然，树就长成了魁伟的男子汉。

　　少女藤摘下一嘟噜藤萝花戴在鬓间，轻语呢喃，藤萝花，藤萝花，花开满枝桠，藤缠树，树恋藤，藤萝恋树娃。

　　她的心思只有开得烂漫的藤萝花知道，上学的时候，她和树最谈得来，初中毕业了，藤就在家里帮着母亲种地做家务，树的影子不知是啥时闯进心里来的，柔柔地悄悄地就戳在了心尖尖上，一回身一转念间，就在心尖颤颤地痒痒地舞蹈，痒的她就红了脸，隐在满园的藤萝花里，像极了开得正盛的藤萝花。

树不知什么时候走进了院子，扯扯藤的衣服，藤猛回头就看见了树，脸上的藤萝花一直开到了脚心，心如小鹿乱撞，撞得她语无伦次，你，你，干嘛？

树明亮的眼光暗下，俺明天要跟着魁叔出去打工了。

藤的眸子里飘起黑云，能不去么？

在咱们穷山沟，不出去打工没办法呀，拿什么盖屋娶媳妇。

藤无语了，记得母亲说过，找婆家一定要找有新房的。

树走了，一走就是三年。

媒人几乎踏破了藤家的门槛，没有新房的，母亲推了，模样不好的，藤推了。模样好又有新房的，母亲就逼着藤答应，藤说，俺还小呢。

三年了，树没来信也没打电话，藤觉得，树是藤今生要嫁的人，就像她院子里那棵藤萝花，它和那棵洋槐树缠得死去活来。

藤萝花嫁给了洋槐树，藤却没有等到树的到来就要出嫁了，母亲最懂女儿心，她是不会让藤嫁给一个穷光蛋的，以死相逼，藤就范了。

也许是天意，藤出嫁那天，树回来了，他穿着合体的西装，拎着礼物打算去藤家提亲的，看到满院子宾客正待发嫁，树虎了脸，闯进了藤的闺房，猛地掀起刚蒙上的红盖头，就看见了藤梨花带雨的脸。

藤一拳打来，却被树紧紧握住，藤泣不成声，三年了，女人能有几个三年可以等待？

树也落泪，你退了那边的亲事吧，俺娶你！

说出去的话，泼出去的水，覆水难收了！

众宾客一阵劝解，藤还是出嫁去了繁华的镇驻地。

草戒指

树也在镇上开了一家电脑维修店，生意火爆。

藤的男人是花花公子哥，只知道吃喝嫖赌，把父亲挣的偌大家业没几年就败光了。没有钱的时候就拿藤出气，说藤就是他花钱买来供消遣的。

藤在镇上经常遇见树，树看见藤的脸上又添了新伤，你离婚吧，跟我过！

藤哽咽了，残花败柳的，跟谁也不会跟你的。

树扯着藤的衣袖央求，咱们从小一起长大，过家家都是你扮妈我扮爹，难道连最初的情份你都忘记了？

藤没忘，割猪草，树割满了她的筐才给自己割。遇到不会的难题，树给讲解。那年弥河发大水，藤不慎落入水中，是树拼了性命把她拖回来的。那个小小的山村里，到处都有他们在一起的影子，直到现在，藤都不愿意回娘家，睹物思人啊。

藤哭倒在树的怀抱里……

藤的男人听说了他们的奸情，一阵棒打，逼得藤喝了农药，躺在医院里急救的藤，男人没去陪伴，他声言，要死的不要活的。

树悄悄去看，洁白的墙壁洁白的床，躺着苍白面颊的藤，很圣洁。藤的母亲一见树就扑打，都是你害的俺闺女，你赔俺闺女！

树任由她厮打，他觉得，他是罪人，万死也不能减轻他的罪孽。

抢救及时，藤得救了，她和男人离了婚，独自一人踏上了南去的列车，临走给树发来一条短信：藤萝爱缠树，可那是洋槐树，每到五月间，紫色的藤萝花和乳白色的洋槐花一嘟噜一嘟噜盛开，他们那么和谐那么般配，可我恋的是椿树的树啊……

没几天，树把维修店关了，有人看见，他买了去南方的火车票。

第二辑　爱情麻辣烫

麦　子

　　这一篇的故事取材于一个被父母娇宠的男孩，最终走上了成材路。他是我的一个网友，他现在在网络里混得风生水起。我初稿里写了他在淘宝里的具体事例，但很多文友说看不懂，所以就简化了。

　　麦子，麦子！做我媳妇！我拽一下麦子蓬松得像麦穗一样的大辫子就跑！麦子正在剁猪草，起身作势要打，看我已经跑出了院门，咯咯笑了。

　　我是故意逗麦子的。喊的次数多了，娘就不愿意了，你个欠揍的皮猴子，亲姐姐能给你做媳妇吗？

　　三麻子说了，她不是我亲姐姐，是你们给我领养的媳妇！娘看看麦子惊愕地张大了嘴，捡起笤帚疙瘩就去抽我！

　　麦子扔下饭碗，抱住娘的胳膊求情，娘别打了，弟弟还小！其实麦子比我才大一岁，每次挨打她都懂事地劝娘，在我的记忆中，我也从没喊过她一句姐。

　　小河边，我和三麻子光溜溜地并肩而坐，小脚丫耷拉在清清的河水里，不时扑腾两下，惹来好事的几条小鱼拱脚，特痒。

　　三麻子你说，麦子真是我的媳妇？

　　那还有假？我都听我娘说了好几遍了，说你娘没有孩子，就抱养了麦子，以后就带来了你们弟兄四个，是你们家大功臣呢。我娘还说，她后悔没有抱麦子回来，如果是她抱回来的，麦子就是我媳妇了。

　　夕阳下，三麻子脑门上闪着光点的三颗大麻子像三只眼，那是他出水痘下河洗澡落下的疤。

45

草戒指

好，麦子就是你媳妇了，你以后要巴结我才是，她可是我姐！

三麻子吭哧着说，就怕麦子不同意。

那就做我俩的媳妇。我大咧咧地说，好东西好朋友要分享嘛。

你们说啥？麦子背着一筐猪草从河沿边走来，我们出溜一下下到河里，边游边喊，麦子，麦子，做我媳妇！

麦子圆圆的脸上就飘上了火烧云，她放下筐，水漂一颗小石子漂向我们头皮，我们吓得赶紧缩进水里。

由于我们弟兄们多，麦子小学没毕业就下来帮忙了，喂猪喂鸡，帮着家里种地，为我们做合脚的布鞋，像个小大人似的。我则升入了初中，考上了高中，又顺利进入了大学。从没安分过的我，在山旮旯呆得太久了，对什么都感到新鲜，在我的坚持下，麦子用她打工的钱给我买了手机。

其时，我被网络诱惑，为了打游戏，我上网吧彻夜不归。为了和网友聊天，我的手机费月月见长。趁着暑假，我偷偷告诉了麦子网络的神奇，网络就是一个世界，谁都可以在里面建立属于自己的王国当国王，我说我要建这么一个国家。麦子说，爹娘不支持你，我打工支持你，你建了王国，可别忘了我哟。

麦子除了干农活外，就在乡果脯厂上班，剔除枣核。除了交给家里些贴补家用，都偷偷汇给了我，让我来建造我所描述的神奇网络王国。有一次回家，看到麦子的手上伤痕累累，我的心莫名疼了一下，那是她剔除枣核时被锋利的刀尖划的。

由于我沉迷网络太深，期末考试不及格，补考，还不及格，老师对我彻底失望了，三个学期考试都不及格，学校通知了家长，开除了我。娘气病了，爹大骂我是不孝子，农村人，供养个大学生容易吗？不知道体恤父母的艰辛。他们发誓，任由我在外面野去，再也不认我这个儿子了。我无所谓，只要能实现我的理想，怎么着都行。我就伙同几个志同道合的网络朋友，索性在外面租屋建筑我的伟大网络王国。

第二辑　爱情麻辣烫

但，理想很丰满，现实却骨感。购买制作游戏所必须的软件需要钱，租屋吃饭需要钱，和人打交道推广游戏软件需要钱……和父母断绝了来往就等于断绝了经济后盾，就连每个人需要三千元来启动的资金我都没有，同学们和我情况一样，是不可能借给我的。无奈下，我写信问麦子要，半个月后，我接到了麦子打来的三千元，她鼓励我，既然选择了就要坚持走下来。

我捧着带着麦子体温的钱哽咽了，她得剔除多少枣核才能挣到这么多钱呀。

我们开发一款游戏软件赚钱了回家报喜，才知道这三千元是她的聘礼。她的未婚夫竟然是三麻子，我的发小。一语成谶，三麻子果真成了麦子的丈夫，我的姐夫。麦子说，当时有几家提亲的，就三麻子能拿得起三千元的聘礼。我望着三麻子脸上的三颗大麻子，五味杂陈。

开发游戏软件也有风险，有的老板说先试用，但他们把游戏玩得风生水起了，还是没有给我们返钱。我的生意就这样起起落落，麦子就一直给我打生活费。

由于我们都不是专业的计算机专业人员，做出的游戏销路不畅，实在维持不下去了，我们打算散伙。打电话给麦子，麦子哭了，实在坚持不下去就算了，还是吃饭要紧啊！

对！人类的首要任务是什么？吃饭呀！我和伙伴们一商量，用最后一笔资金开了个大排档，专卖麻辣烫，业余时间，我们还是会开发游戏软件的。

当我告诉麦子，我们生意很好时，她轻轻说，能来参加我的婚礼吗？

我说，谁的婚礼我都可以不参加，我姐的婚礼我一定参加！

麦子在电话那头哭出声来，第一次听你叫姐……我弟有出息了。

我又喊一句，姐！已然泪流满面。

47

草戒指

小琼的情人

情人是什么呢？你一定会回答，情人就是妻子或丈夫以外的那个相爱的人。但也有例外哦，小琼的这个情人好可爱哦！

从城里回来，小琼一头栽在床上睡了个天昏地暗。浑浑噩噩中，大哲打来电话，琼，别生气了，生意场上逢场作戏的事你也信？

小琼一腔怨气没地方发，大声嚷嚷，你不是找情人吗？我也找一个！你给我戴一顶绿帽子，我给你戴八顶！

扣死电话，小琼睡不着了，全村的壮劳力都去打工了，上哪儿找个相好的呢？

村长？不行，全村都知道他不是什么好鸟，他利用芝麻大的权玩了很多女人，她看不上。

小卖部的张大嘴？不行，有耐不住寂寞的女人和他相好，到处乱说女人的隐秘地方如何如何。这样的人，赚了便宜还卖乖，早该下十八层地狱了。

除了自己男人，她似乎没有感兴趣的男人。小琼很想扇自己一巴掌，难道非要一棵树上吊死？

对了，村里还有一个大笨牛大黑！小琼手机对准了正在挥汗如雨帮她掰苞米的大黑，狡黠一笑，按下了确定键。

不一会儿，大哲气急败坏地打来电话，那是谁的臭脚？看我不剥了你们的皮！

小琼偷笑，又发去一张，大哲又打电话，谁的粗胳膊？我这就

第二辑　爱情麻辣烫

买车票去！

小琼也不说话，只是吃吃地笑。

等了好几天，也没见大哲回来，忍不住打电话过去，大哲大吼，你个死娘们添什么乱！工地上出了工伤事故，正在处理呢！啪！扣死了电话。

望着嘶嘶盲音的电话，小琼的心提拎起来，大哲没事吧？工友伤得怎样？得赔不少钱吧。小琼在思思虑虑中辗转难眠，她和大哲的婚姻就像电影回放一样，一帧一帧闪过……

大哲和小琼是农村少有的自由恋爱成功的一对。婚后甜甜蜜蜜，自从有了儿子，整天追不上钱的脚步，大哲就去城里打工了。大哲聪明，学会了看图纸，大老板就让他带队施工。

熬不住寂寞的小琼曾经去看过他，当他乍煞着大脏手跑来抱住她的时候，她幸福地直流泪。

大哲每次走，小琼都要很久才能平复那种离别的痛苦，但身边有孩子闹哄着，还不算太寂寞。

他现在能独立承包工程了。有钱了，小琼就问大哲，咱们一家都上城里去住吧，省得心挂两肠的。大哲说，咱们挣的那点儿血汗钱在农村能算富裕户，在城里就成讨饭的了。

前几天，儿子上初中住校了，家里没有孩子乱窜的身影，小琼老觉得心里空落落地。她忽然想再上城里看看老公。家里交代给年迈的公婆，坐火车再换公交，辗转来到大哲包工的城市。万家灯火中，小琼摸索到大哲的住处，工人们在打水洗漱，一问才知道，大哲在海天大酒店陪客户吃饭。小琼想大哲想得心焦，忙问了工友，好在酒店地址不远，小琼一路打听着走去。

恰巧大哲歪歪扭扭走出酒店，胳膊下一婀娜多姿的美女扶着。大哲啵地一声亲了一口美女，对旁边的醉汉说，咱们以后就是一家

49

草戒指

人了，有工程了，一定要记得我哟！今晚小姐的服务还到位吧？醉汉掐一把扶他的美女，到位，到位！

小琼眼都红了，大哲呀大哲，我在家受了多少罪你知道吗？我独自承受了多少寂寞你知道吗？你却在这里花天酒地！小琼抹着眼泪回了工地，背起还没打开的行李就走。

醉醺醺的大哲一回到工地，恰巧与出门的小琼相撞，睁开醉眼看见了久别的妻子，也不管有人没人看，一把抱住了小琼，是你吗？真的是你吗？小琼捶打着大哲，我还没死呢，你就不把我放眼里了，公开找情人了！

大哲头晕脑胀地辩解，我哪有情人？

扶你的那个小姐不是？

土包子，那是谈生意装点门面的，你以为你老公那么有钱吃喝嫖赌呀？

不行，你说清楚，你为什么亲她？

那是走过场。

你说你走了多少过场了？我看她是你的情人吧？

大哲谈生意没谈妥正烦呢，就没好气地说，我有情人了，多得是呢。好老婆，别闹了，咱们进屋。

小琼一听他都好几个情人了，就和他闹了个天翻地覆……

小琼想到这里，觉得自己做得过分了，不说男人的生理需求问题，就是看看留守的那些老娘们，哪个没有那个心思呢？只是有贼心没贼胆罢了。

她很想给大哲打电话，又怕他分心，就忍住没打。又过了些时日，大哲始终没主动打电话来，小琼的心又像猫抓一样难受了，他肯定外面有人了，以前三两天一个的电话，他现在都懒得打了。

他不打，小琼就又发了一张照片，不一会儿，大哲的电话就来了，那个光脊梁的是谁？快说！我警告你，你真给我戴绿帽子，小心我撕碎了他下酒！

小琼弱弱地问，工地上的事解决了吗？

你只管胡作吧。大哲又扣死了电话。

落寞的小琼想到了离婚，但看看身边的女人，哪个不是这样孤单寂寞呢？

熬着熬着又该过年了，小琼病了，不发热也不头疼，就是浑身没劲儿。她的眼睛始终望向窗外小路的尽头。小路那端的大路上，风尘仆仆地走来一个人，是他吗？走近，不是！她失望地低头，再满含希望地看向小路的尽头。

迷迷糊糊中，她睡着了，被子被一把掀起，你个死娘们，起来！跟我一起找那个相好的算账去！

小琼迷蒙着双眼被大哲一把拽起，小琼摸摸他下巴，大哲，是你吗？是你吗？

大哲推开她，走！

哪里去？

找你的情人去！

忽然，大门一响，大黑含混结巴的声音传来，大，大婶，我，我给你，你，挑水来了！

小琼笑了，看，我那情人来了！小琼说完，拿着一块大饼就出去了。

大黑倒完水接了大饼就咬，边吃边说，大，大婶，明，明天还要水不？

小琼说，要！她回头白一眼大哲说。

大哲望着大黑傻粗的背影，也笑了，大黑从小没了爹娘，就是个吃的心眼，哪家有好吃的就给哪家干活，嘿！原来自己担心半年的情人竟是这个憨货！出去招呼一声，大黑，大年三十过来吃饺子啊，管够！

大黑答应一声走了，小琼眼前氤氲成一片。

那一片阳光

这是两个残疾人的故事。其实，我经常看到的是一个残疾人在大路上捡拾货车上掉下来的木头皮子，他坚强的眼光感染了我。残疾不是问题，只要胸中阳光长存！

对面楼上又响起了贝多芬的月光奏鸣曲，她把尘封几天的窗帘拉开，将沉浸在构思里的神魄拉向对面，六楼的阳台上，不知什么时候多了一架钢琴，一名男子正在弹奏，随着他身体的前倾与后仰，她能猜测出，男人此时应该是微闭着眼睛，神情陶醉的。

今天不是星期天，小区里静谧安逸。春日的阳光大把撒下来，她索性闭目欣赏起音乐。忽然，一个不和谐的音符跳出，她猛地睁开眼睛看向对面，只见男人挠挠头，又开始了第二遍弹奏。她微微一笑，原来是个新手啊。她索性关闭了窗子，继续沉浸到她的故事世界里去了。

每天早晨八点后，钢琴声会准时响起，男人伟岸的身影就会映入她的眼帘。他是怎样一个人呢？孤独无助？但那次她分明看见一个年轻女孩揽着他宽阔的肩膀在笑，他也一脸的幸福模样。他是落魄的音乐家？但对面是高档小区，没有几百万是买不下来的。她在心里叹息一声，继续构思她那哀婉的故事。她在网络里小有名气，故事以悲情著称。

钢琴声声似有无限愁怨,又似有无限激情,她的内心荡起涟漪。如果哪天音乐声没有及时响起,她会坐卧不宁。一个词忽然跳进她的脑海,喜欢!她吓了一大跳,再次在心里确认后,她果真喜欢上了这个男人。

春去夏来,男人还是以固有的姿势在弹奏着那首月光曲,女孩不再拉开窗帘去听,她发现,她能偷偷潜入男人的心里感知着他的喜怒哀乐,而男人却没有察觉。她觉得自己就像一个偷窥者。女孩的心里就住进了一只威武的大黑猫,百爪乱挠。她不知道这叫不叫做单相思,但她很想拜访他一下。

一上午没有音乐声,她在期盼,在等待,拉开窗帘后蓦然发现,男人正坐在钢琴前对她微笑。不一会儿,月光曲就又响起,像月光一样流光泻玉,拨动到了她最柔软的那根心弦,她的眼睛湿润了。有一种情愫在心里涌动,想去拜访他!

从六楼走到一楼,再从一楼爬上六楼,得需要多大的勇气!她不管。她只管向前就可。

初夏的微风吹来,痒痒酥酥,不知名的花儿,香味飘飘,她几乎要放弃去对面楼层拜访他了,她很想在阳光的世界里呼吸,再呼吸。

但月光曲牵引着她向前,再向前,满满的希望,就像鼓足了风的风筝,一直把她带上了六楼,敲开了男人的房门。男人第一时间开门,他好像已经感觉到她将要来,他说,你是对面楼的女孩吧?男人将耳朵凑上来,眼神却移到了别处。

他是盲人?是一位一脸沧桑的中年男人。她强压住心里的震惊,我,我走错门了。她想逃走。

我知道,你就是对面楼层的女孩,我听见你经常叹息,叹息对身体不好。

你怎么知道我的?

我的耳朵特别灵,我女儿给我买了这架钢琴,我是凭着耳朵听录音，摸索弹出的月光曲，还能入耳吧？

好听极了。不过，您怎么知道我住在对面的？她再次提问。

我听见对面经常响起叹息声、轮椅滚动声、笃笃的拐杖声。从你走第一层台阶时我就听见了。所以，我一直在这里守候着你大驾光临。男人露出一脸真诚的笑，姑娘，人这一生就像爬楼梯，每上一阶都不容易，用你们年轻人的话说，且行且珍惜。

她有一种想哭的冲动，来不及道一声谢谢，就奔向楼梯，不知为啥，她好想找个地方大哭一场。因为那场车祸，大学梦碎了，她也凋谢了，只有将哀怨诉诸笔端。

男人浑厚的声音从背后传来，姑娘，右拐有电梯！

她还是奔向了楼道口，刚才的希望在每下一级台阶中消散，直至最后消失殆尽。

初夏的阳光炽烈而绵长，绿树红花尽展风姿，她忽然又不想哭了，置身在阳光里，另一种情愫又在心里疯长。

上门女婿

上门女婿古已有之，对他们褒贬不一。这篇的素材来源于开篇的那句话，是一个工友告诉我的，可惜，爱讲故事的她现在患了重病，将不久于人世……泪流中……

俗话说："打春的萝卜立秋的瓜，死了媳妇不走丈人家。"为啥？没屁味儿呗！

青牛的媳妇死了，可是青牛不能走，为啥？他是上门女婿呀！女儿小琴才七岁，今年就要上一年级了。老岳母需要他照顾，家里的地需要他种，如果他抬脚就走，岳母也不好说什么，可这个家就风雨飘摇了。

看着年纪轻轻的青牛天天忙活，岳母就心疼，如果有二婚头愿意来家里也好啊。她托了很多媒人说媒，可就是没人愿意来，上门女婿再加上个外来媳妇，难相处啊！

青牛听见了岳母的唉声叹气，就说，娘，俺没进您家门时，已经打了三十年光棍儿，再打几年又如何？呵呵，等您老了，小琴出嫁了，正好俺陪您！

说归说，岳母几乎每天晚上都能听见青牛在床上烙饼。唉！他毕竟还年轻呀！

岳母看孩子，青牛忙完地里就去建筑工地打工，骑着破摩托抄近路，土路两边是冒天长的玉米林。

太阳落山了，青牛顶着一身土气飞奔回家。走到玉米地边，坑洼不平减了速度，忽然听见玉米地里有声音，细听，好像女人被捂住了嘴在呼救！

青牛想，骑过去算了，管他什么人呢，这年头，闲事少管，情推莫揽。

刚走几步，那个声音丝丝缕缕灌入他的耳腔，声音不大，他却听得如雷贯耳。嗨！管他什么人呢，先看看再说！

熄了火，把车钥匙装进口袋，悄没声息地往前摸，赫然看见，一个女人趴卧在玉米地里，旁边的喷雾器嘶嘶响着，白色泡沫往外涌。女人中毒了！赶紧救人！

青牛翻过女人，认识，是前村的马寡妇，别看马寡妇长得瘦瘦小小，自从丈夫死了，她拖着一双儿女独自支撑起一个家。

马寡妇得救了。从此，每当青牛走过土路遇见她，她都会拿些歪瓜裂枣让他捎回家给小琴吃。

我一个寡妇娘们儿家，赶集买一块钱几斤的东西还买得起，你不要嫌孬啊！

草戒指

每每从她手里接过还带着女人体温的东西,女人的体香就锐不可挡地钻进了他的四肢百骸,呼吸加快了,语言也嗑巴了,甚至连谢谢说出来都困难了。

马寡妇倒不害羞,她的手就抓住了青牛的手,青牛嗨地一声,手里的歪瓜裂枣撒了一地。

青牛的黑脸有了光彩,嘴里经常哼着小曲儿。青牛的变化被岳母看在眼里,孩儿,看到好的就去吧,小琴有俺照应着没事的。

俺不去。青牛一如既往地回答。

如果不是那个该死的下雨天,青牛也许就会和马寡妇一直保持着这样美好而暧昧的情感。

那天下午刚上工不久,就下起了瓢泼大雨,工地不能干活,青牛打算回家。刚走到玉米地前,马寡妇拎着一把花伞站在雨里,她示意他停下,青牛哥,俺家的屋漏雨了,您给修修吧?

青牛示意她坐到摩托车后座,马寡妇就紧紧抱住了他坚实的后腰,整个身子也贴上来,青牛一激灵,一个不稳,摩托车差点儿打滑摔倒。

马寡妇住的是瓦屋,有几片瓦堵塞了落叶,青牛不一会儿就给修好了。马寡妇递过一条热毛巾,青牛擦,她就看,魁梧的身材,黑漆漆的面容,眼睛闪闪发亮。毛巾擦到胳膊上,青筋突起,肌肉块块分明,她的目光,一寸寸在抚摸,在吞噬。

青牛猛一转身,就看见了马寡妇直勾勾的眼神儿,他顿时耳热心燥,嗑巴一句,俺……走了。

他一转身奔到门口,腰却被柔软的胳膊围住,青牛哥……

青牛经常很晚才回家,岳母说,你的事街坊们都说了,你就去她家吧,家里的事不用你管。

果然,青牛好几天不回来了,他住到了马寡妇家。咱们合成一家吧,俺岳母,加上俺女儿,还有你家儿女,一家六口,多好。

马寡妇不干,她觉得负担太重。可青牛舍不得女儿和岳母,没事的时候就回家，惹得马寡妇恼了，如果你想和俺好，就在这个家别回去，如果不想，对不起，现在走人！

青牛闷着头不说话，拾掇起家什干活去了。正走到大路，远远地看见一个小女孩，背着书包飞奔。头发散乱，衣服扣子扣错，是小琴！

奶奶为啥不送你？我不是给你奶奶买了三轮车么？青牛停了摩托，眼里噙着泪。

奶奶病了，躺在炕上起不来。爸爸，告诉你个好消息，我会做饭了！今天早上的饭是俺做的，鸡蛋面条哦，奶奶说鸡蛋不熟，不熟有营养是吧爸爸。小琴自豪地说。

青牛一把搂住女儿，哽咽了。

他送完女儿，返身回了马寡妇家，收拾起衣物就走。马寡妇在后面哭喊，有种的走了就不要回来！

马寡妇的眼睛追出了村子，青牛真的没有回头！

没了男人的日子，又如死水一样平静，静得让人窒息。眼看又要给儿女生活费了，马寡妇抓了瞎，没办法，卖苞米吧。心急火燎地赶到中学校，老师说孩子的生活费已经有人给交了。

一转眼到了腊月，歇了工的青牛没事干，就天天去土路上转悠，眼里满是期待。日头升了落落了升，她的身影一直没有再出现，口袋里的手机也一直没看到那个熟悉的号码打来。

年集到了，他托人给她捎去年货和两身孩子的衣服，衣服估计是被孩子们穿了，年货被退了回来。他专门买了她爱吃的各色点心挂在她大门口，第二天，点心被挂在了他的大门口。

年三十，他又去了土路，眼睛迷蒙了，还是没有见到那个瘦瘦小小的身影。他一步一回头地往回走，推开大门，蓦然听见了那个柔柔的熟悉的声音，大娘，不，娘！今晚俺三口就在您这儿吃年夜饭了哦！

没听见娘的回答，青牛只听见了心花怒放的声音。

第三辑　古装古韵

　　爱听故事的人离不开古代的故事，爱写小说的人，也热衷于将古代的故事翻新，在古人的智慧里温故而知新，也是一种精神享受。在那个交通靠走，通讯靠吼的年代里，诞生了无数个乡野故事。有时候去大山里拾柴，我都会在草根处、大石旁谛听一会儿，每一块石头下，每一丛茅草里都藏着一个鲜为人知的故事。在这个快节奏的时代，读着这些古代的故事，你是不是觉得脚步也放慢了呢？

棋人奇事

　　这一篇来源于我们附近的烂鱼店子的传说，但这个传说里没有结尾，那时候我也没问过大人结尾到底要怎样。大概传说就是传说，不需要结尾的吧？

　　刘小二挑着一担鲜鱼打算去集市上卖，走到中途又累又饿，远远地看见酒幌在飘，上书四个大字：顺风酒店。小二紧走几步来到

第三辑 古装古韵

店前，放下鲜鱼担，有伙计招呼，呦！客官，您想吃点什么？

来碗面。

在这兵荒马乱的年代，有碗面吃就不错了。小二顺着酒店搭起的凉棚，靠着路边坐下。

他正吃得起劲，大路上走来一个彪形大汉，他身穿大氅，手摇团扇，满脸横肉挤兑着一双小眼睛。最重要的是，他身后跟着两个跟班，比他还要魁梧。

小二赶紧低了头，轻轻抿嘴，唯恐发出一点声音惹祸上身。

这是谁的烂鱼，腥臊烂臭的，熏到本大爷了！横肉男踢了踢鱼担。

刘小二赶紧低眉顺眼搭话，我这就挪。

惹不起还躲不起吗？这世道，有钱有权就是大爷。

酒店伙计赶紧过来打圆场，我把担子挑到后院，来者是客，保准熏不到您！

刚吃完饭，东方上来一团黑云，紧接着豆大的雨点落下，横肉男闲得无聊，对跟班说，要不咱们下棋？

好！跟班附和。

于是，他们画地为棋，捡石为子，杀将起来。没来得及走的食客纷纷围拢来观战，小二为了生计整天游走乡间，他也会下，不由得也挤将过去看热闹。

这时，正巧横肉男折了子，他嗅到小二身上的气味，猛吼一声，滚！别污了本大爷的手气！

小二本来就胆小，赶紧灰溜溜离开，眼看雨没有停歇的意思，他索性打了伞四处闲逛。他逛到店后，这座店依山而建，店后一条羊肠小道直通山顶，他索性走上小道，攀上山来。

山上有一天然石洞，洞里坐着两位老者也在下棋，白胡子白眉毛的老者使白子，黑胡子黑衣服的老者用黑子，他们正杀得难分难解。蓦然看见小二，他们示意他站在旁边观战，小二见老者相邀，忙收

草戒指

了伞站在一边观战。

这局棋下得紧张刺激,白子步步紧逼,黑子险象环生,一会儿围魏救赵,一会儿釜底抽薪,只惊得小二张大了嘴巴,他们走的棋路不是一般棋手能做到的。

小二的肚子不合时宜地咕咕叫起来,白胡子老头扔给他一颗枣又继续下棋,小二忙接了吃下,肚子顿时不饿了。他忽然看见外面小槐树的叶儿黄了,一会儿又绿了,树叶就这样反复绿了黄,黄了绿。

这时棋局又发生了变化,黑胡子老者占了上风,他步步紧逼,隐隐有金戈之声传来,白胡子老者步步为营,稳扎稳打,恰似守株待兔。

小二只看得热血鼎沸,仿佛亲临战场。

拉锯式的战争还在继续,小二这时已能静下心来观战,棋局变化尽在掌握之中,失之得之亦不悲喜。他在揣摩棋局套路,他会猜到他们的下一招是什么。

天色已晚,多谢仙翁承让,俺走了!黑胡子老者说完,飘飘而去。白胡子老者拱拱手送走黑胡子老者,他转头对小二说,先生既懂棋路,必通兵法,日后必成将军。我要关洞门休息了,先生请回吧。

小二听了老者的话,热血又一阵沸腾,适逢乱世,如果我当了将军,横肉男还会欺负我么?!他打算不再卖鲜鱼了,决定从戎。

他沿着来时的路返回,无奈树木太多挡了去路,又有屋舍纵横。他索性凭着记忆走来,哪里还有顺风酒店的影子!

宽阔的柏油路上,男人们一律西装革履,女人们一律坦胸露背,难道世道换了?

小二好不容易从一位老人口里打听到顺风酒店的消息,老人说,传说在一千年前,有位客官挑了一担鲜鱼下榻顺风酒店,不知什么原因他走了再也没有回来,他的鱼烂了,店主又不敢扔,怕他回来讹诈他。烂鱼的味道飘向路边,以后再没一个客人上门,结果酒店就倒闭了。

第三辑　古装古韵

千年前？小二四下张望，酒店原址建起了豪华酒店，一派歌舞生平，他刚学的博弈兵法，到哪里去用呢？仙界才一日，世上已千年，对，我找仙翁去，也当神仙得了。

他又上得山来，哪里还有山洞的影子，只有那棵槐树还在，粗壮的树干，八个人也围不过来，树身悬挂一牌，小二就着月色细看，牌上写着：唐槐，距今千年……

谋　攻

这一篇的素材来源于三十六计中的无中生有计，怪不得现在的人们这么能辩，这么无中生有呢，原来是遗传啊！

张仪嘴大而唇薄，善言辞游说。自从他当了相国后好不得意。有一次，一位大臣偷偷嘀咕，张仪不就是仗着师出鬼谷子才晋升相国的吗？他如果真有本事，就拿出治国安邦的功勋来服众！

他的话恰巧被张仪听见，张仪一时性起，就当众夸下海口，我自从进了秦国，寸功未立，却得大王赏识，我决定拿六百里富庶之地来报答皇恩！

众大臣听了，都暗骂他不知天高地厚，如今七雄并立，哪里还有好欺负的小国家！

回到相府，张仪寝食难安，抓耳挠腮，竟然抓落一大把碎发。烦躁至极的张仪索性去院中散步，但他心里还在想着能一鸣惊人的良策，一群鸡正在庭院一角悠闲觅食。张仪发现，这群鸡分成了两伙，一伙由大红公鸡带领，另一伙由一只芦花公鸡带领。大红公鸡"咕咕"连声，原来它发现了一条肥嘟嘟的青虫，母鸡们纷纷抢食。这只青

草戒指

虫被母鸡们争来抢去，看得芦花鸡眼热，它也加入了抢夺中。它凭着身大，抢到了青虫，它咕咕叫着奔回自己的鸡群。就在这个时候，大红公鸡一下扑向芦花公鸡，抢过青虫一口吞下。

看到大红公鸡得手，张仪正准备离开，忽然，大红公鸡飞上了墙头，悠忽不见了。正好有一修缮房屋的梯子竖在墙边，他忙登梯观看，这一看不要紧，原来是一个小毛贼，在大青虫肚子里放了鱼钩，把大红公鸡钓走了。

张仪愤怒急了，竟然有人敢在光天化日之下行偷窃之事，而且还是相国府，这还了得！他刚想吩咐下人去追，忽然，他停下了脚步。一条妙计已然成竹在胸，赶紧吩咐手下，连夜进宫！

张仪向秦王陈述了自己的妙计，秦王连连拍手称善。

第二天，张仪带着厚礼出使楚国，启动他那薄而阔大的嘴对楚怀王说，我家大王想与贵国修好，如果您能拒绝和齐国联盟，我家大王愿意以商于六百里良田赠于大王。

楚怀王思忖，秦国在七国中，势力最大，如果能傍上大国，谁还敢与我争锋！心意已定，就说，好，那就派偏将军逢侯丑赴秦签赠地之约吧。

楚国众大臣素知秦王出尔反尔，而且也知鬼谷子的门徒善游说之术，都劝楚王放弃与秦签约，楚怀王犹豫不决起来。

张仪听到众大臣的议论，神色凝重，言辞恳切地说，我秦国的兵力虽然强壮，但国库不如你们充盈；我身为鬼谷先生门下，更知道廉耻礼仪，岂能欺骗得了你们的楚国圣君？王上您多虑了。

众大臣还是不放心，力荐楚王不要相信一个说客的言辞。

张仪张开他那阔嘴，颤动起两片薄嘴唇，舌灿莲花，王上，您细想想，我能骗得了您吗？如果咱们强强联合，一举击败那五个国家的话，我们所得到的何止是六百里的土地啊，这样利人利己的事，我干嘛要欺骗您呢？

第三辑　古装古韵

楚王心动了，见众大臣还要说话，就大袖一摆，说，如果秦王没有诚意，逢将军大不了就返回嘛！又没有什么损失。

张仪带着逢侯丑在路上迤逦而行，闹得七国的人都知道楚国和秦国联盟了。快到京城的时候，张仪忽然大病，卧在马车上昏睡不起。一进京城就进了相国府，请来医生诊治。

逢侯丑在驿馆等得心焦，但没有人引荐，上不了大秦的朝堂。他就派人出去打探张仪的病情，回来的人说，医者进出相府络绎不绝，恐张仪命不久矣。

逢侯丑暗暗懊恼，不得已，自己上书秦王说明来意，秦惠文王说，既然有了约定，那我们就得遵守，但你们楚国还没有和齐国绝交啊。

不得已，逢侯丑赶紧派人通报楚王。楚王忙又派人去齐国，找了个理由把齐君大骂一顿。

当齐国和楚国绝交的消息传入秦国时，张仪的病居然好了。逢侯丑大喜，和张仪上得秦王朝堂，奏秉秦王，这次可以签约了吧？

秦王惊讶，签什么约？

当然是贵国赠与商于六百里之地的约了。

张仪说这话之前，没有和寡人商量，不算。

逢侯丑大怒，指着张仪的鼻子质问，难道你身为一国之相，说话形同儿戏？

逢将军息怒，我说话向来算话，我是说，将我的封邑六里赠于楚王啊！

逢侯丑自知上当，但在人家地盘不敢撒野，只好回去禀报楚王。楚怀王大怒，遂点起精兵良将，向秦地扑来。无奈，此时秦国已于齐国结盟，在两大强国的夹击之下，楚军大败，白白让秦国得了汉中六百里富庶之地。

战争结束了，进献六百里良田的诺言实现了，张仪在朝堂之上

63

草戒指

更是腆胸叠肚，鼻孔朝天，他的那张薄嘴在开合之间，把天下大事分析得无所不晓。

没几年，秦惠文王驾崩，他的儿子秦武王即位，秦武王即位的第一件事就是，让张仪再弄楚国六百里良田来。张仪哈哈大笑，这有何难，再取楚地六百里，探囊取物耳！

张仪拎着秦国相印走上了七国游说之路，不几年，竟然得到六个国家的相印。至此，人们才彻底宾服于他，纷纷探问为官之道，张仪抚摸下他那薄嘴唇，微笑不语。

官场哲学

无论是现在的官场，还是古代的官场，都有一套哲学在里面，否则，你会混不下去。但包拯是个例外，不然的话，怎么历代流传着他的故事呢？

庞吉太师的儿子庞豹犯了法，现正关押在开封府的大牢里。主审此案的是开封府尹包拯。

都知道包拯铁面无私，这让庞太师抓了瞎，他暗暗指使李丞相当说客，可包拯不吃这一套，还把李丞相损了一通。

庞太师心说，是男人都难过美人关，不如派自己的幕僚张远去相邀包拯，到怡红院里消遣消遣。这个张远是包拯的发小，他们一起光着屁股长大。

张远能说会道，他一见包拯就说，整天办公差有什么意思，不如今晚咱们上怡红院一坐，听听白牡丹唱小曲儿如何？

包拯听了面沉似水，不可，咱朝纲规定，但凡公差一律不准进花街柳巷，你身为太师身边的人，自当以身作则，怎可坏了当朝的规矩，给庞太师丢人？！

张远碰了一鼻子灰，灰溜溜跑回太师府，对庞太师一阵学舌，直把太师气得暴跳，好你个包黑子！你敬酒不吃吃罚酒！俺就不信保不下俺的三儿！

次日早朝，庞太师哭着进了大殿，他祈求宋仁宗放他儿子一马，好歹他也是个国舅。

宋仁宗抵不过庞太师的哀求，又加上后宫里的庞赛花娘娘也天天给仁宗吹耳边风。如果这个案子是别人来审还可商榷，但庞豹犯在铁面无私的包黑子手里，这事可就难办了。

宋仁宗嬉笑着对包拯说，包爱卿，朕求你点事，你能不能把三国舅给放了，或者减轻点罪责，发配边疆也好啊。

包拯一听皇帝老子求他，扑通一声跪倒，包拯何德何能，让陛下来求？在下只不过是秉承国法办事，让民众服陛下罢了。

呵呵，看来包爱卿是不给寡人面子了？！

下官不敢。包拯说着取下头上乌纱，陛下，烦您再任命他人审理此案，在下情愿交出乌纱退隐山林。

哼哼！你这是在威胁朕喽！

下官不敢，不过我临走送陛下一句话，船能载舟，亦能覆舟。

瞧着梗梗着脖子，手托乌纱跪在大殿上的包拯，宋仁宗还真没法治他，他的清廉全国闻名，更重要的是，他还是当今李太后的干儿子。

包拯下得殿来，吩咐王朝马汉，立即升堂！

庞豹跪倒在大堂上，包拯历数他的罪行，强抢民女逼死人命，放印子钱逼得穷人无家可归，身为兵部侍郎克扣军饷……

包拯越说越气，他眉毛倒立，虎目圆睁，伸手拽出朱签扔到地下，杀！杀！

草戒指

自从庞豹被虎头铡铡了，太师庞吉恨不能亲手杀了包拯炖汤喝。他暗暗使坏，也想让包拯尝尝失去亲人是什么滋味。

包拯的侄子包冕时任陈州辖下的一个县令，庞太师的矛头就直指包冕，他暗暗派人交好包冕，怂恿他娶妻抢妾，又怂恿他私吞陈州赈灾物品。在古代，贪污赈灾物品，一律当斩。

有人举报了包冕，庞太师大喜，建议仁宗把此案移交给包拯审理。仁宗正因为上次庞豹被铡，在大臣面前失却了面子，这个机会来得真及时，好，那就把他移交开封府审理！

末了，他还嘱咐包拯一句，包爱卿，朕知道民众称你为包青天，你可不要辜负朕和臣民的期望哦！

包拯暗暗叫苦，这个侄儿真不省心，枉我对你这些年来的栽培。但嘴里还是答应，下官遵命！

包冕一案没有悬念，人证物证都是庞太师预备好的，而且监审一职也是庞太师。

包拯只有眼含热泪一挥手，开铡！

包冕临受刑前大叫，叔父，得饶人处且饶人，法律律人别律己！我也是受人唆使才犯罪的！

包拯痛呼，法律律人更律己，否则朝纲何在？！法理何存？！民众怎服？！你身为朝廷命官，不知为人民排忧解难，却在那里享乐，你良心何在？！枉我教育你这么多年。来人呀！给我铡！铡！铡！

坐在堂上副座的庞太师瞧着他们叔侄生离死别，弯了弯眉梢，心里暗暗称快。哼！总算出了一口恶气！

包拯虎目落泪，斜睨一眼幸灾乐祸的庞太师，暗暗咬牙！

第三辑　古装古韵

乱世爱情

　　这个是土匪刘黑七的故事，在我们沂蒙山区盛传，他无恶不作，欺男霸女，可偏偏对他的小妾言听计从。在他将要被消灭的那一刻，他杀死了他所有的老婆和孩子，独独留下了小妾和她的两个孩子。

　　入洞房那天，孙娇小姐扯下红盖头，甩起绣花鞋砸向刘黑七。
　　吆呵！好大的脾气！俺就喜欢这样的辣婆娘！
　　你土匪！
　　土匪咋了？兵荒马乱的，老百姓饿死的、讨饭的比比皆是，俺在这里聚义，一万多口子人吃香的喝辣的，要多滋润有多滋润，俺可是绿林好汉呢！
　　匪性难改！成不了大气候！
　　胜者王侯败者寇，世事难料！
　　你……你不该抢我上山，可怜了我那父母！孙娇说着哭起来。
　　刘黑七慌了，都是俺的错，俺应该正式提亲，明媒正娶的。这样吧，等咱们圆了房，俺陪你去娘家赔罪。
　　圆房？你休想！
　　孙娇疯了一般，连抓带挠地推出刘黑七，哐当关了门。
　　门外一排土匪把枪栓拉得哗啦响，对准了屋门。他们是刘黑七精挑细选的警卫，每次遇到险情，都是他们帮他化险为夷的。
　　刘黑七示意他们退下，对着门缝说，那次看见你，穿着天蓝斜襟袢，过膝长裙，盈盈站在门前，要多好看有多好看，回来后，我心里就放不下了，发誓这辈子一定要娶你为妻！

草戒指

你就死了这条心吧！我宁死也不会嫁给土匪！不做土匪婆！

有个警卫嘀咕，师长，软的不行就来硬的！

土匪多了，刘黑七自封为师长。

刘黑七上去就一耳刮子，屁话！俺堂堂师长，能干那事？说完领着喽啰们走了。

第二天，全山寨静悄悄的，有个伺候她的小土匪说，他们奉了国军的命令去打仗了。

孙娇一个念头闪过，逃！敞开门，山寨下是万丈深渊，眺望远处，一队过路的人马扬起漫天尘烟。小喽啰警惕地望望孙娇，又缩回去了。

生逢乱世，逃又能逃到哪儿呢？

一天过去了，土匪们没有回来，孙娇估计，他们遇到强悍的敌人了。

第二天，他们还没回来，孙娇心里打起了鼓，不会一语成谶吧？

第三天，传来捷报，他们打了大胜仗，烧了鬼子七架飞机，火光映红了半边天。

第四天，孙娇站在山寨的石崖上引颈观望，远远的，一队人马扬尘而来，走得近了，乌骓马上，一个黑大汉露着洁白的牙齿在笑，是刘黑七！三十多岁的他，扎着武装带，别着手枪，骑在马上，威风凛凛！

孙娇看得呆了，刘黑七也正色眯眯地看着她，她怦怦突突跳的心，跑进屋里，关上了门。

晚上大摆酒宴，孙娇也被挟进酒宴前坐下，刘黑七七斜着眼看了又看，就猛灌酒，孙娇只是象征性地动了动筷子。

长途奔袭日本人的飞机场，又喝了很多酒，他一到孙娇屋里，就倒在床上鼾声如雷。

孙娇看看梦呓中的那张黑脸，叹了口气，摸出被子给他盖上，正待离去，却被刘黑七攥住了手，别走！我爱上你了。

孙娇愣了，心里百转千回，既然走到这一步，就算逃出山寨，谁又能证明她的清白呢？再说，刘黑七虽然是土匪，但也是铮铮抗日英雄！

刘黑七使劲一拉，孙娇挣扎了下，就倒在了他的怀里。

自从孙娇成了压寨夫人，每天和刘黑七夫唱妇随，骑马打枪，大块吃肉大块喝酒，日子过得倒也快活。刘黑七什么事都依着她，但就是不让她上战场。

刘黑七这次帅众匪徒去了枣庄，制造了"临城劫车案"，回来时，大车小辆推载着物品，满山寨大庆。

孙娇就问，你不是抗日了吗？还干老本行啊？

刘黑七一把揽过她，嘿嘿笑，傻瓜，俺谁的命令都听，共产党的、国民党的、日本人的，但俺终极目标就是要自己的队伍发展壮大，俺不去抢，这山上一万多人马，拿什么来养活？这个社会，有奶就是娘！

刘黑七不坚定的立场，直接导致了严重的后果。

1943年秋，八路军鲁南军区三团五个连，决定除去这个横行鲁豫皖长达29年的土匪团伙，激烈的战斗进行了三天三夜，终于攻到山寨下，刘黑七自知大势已去，把妻儿们叫来，妻儿们听着山寨下的枪炮声，哭作一团，刘黑七大喝，站好！

妻儿们就排成队站好。

刘黑七拉过孙娇，警卫递过乌骓马缰绳，趁着孙娇愣神的功夫，刘黑七一把抱住她，把她放在马上，又把她生的两个孩子放在马上，只有你才能保住我刘氏血脉！你一定要逃出去！

你呢？

别管我，我的警卫会护送你突围的！

刘黑七一拍马屁股，乌骓马长啸一声冲出寨墙，刘黑七的贴身警卫们也骑马跟上。

身后一排枪声响起，孙娇回头一看，刘黑七的妻妾儿女们倒在

草戒指

了血泊里，他这是怕自己的老婆孩子被俘受辱啊！泪就模糊了孙娇的双眼。

多年后，有人就问孙娇，你嫁给一个土匪，没后悔过？

孙娇撇着没牙的嘴笑了，他把命都交给我了，还后悔啥？

尽管别人都说刘黑七恶贯满盈，但她觉得，她这辈子欠了他的。

慈禧敕封康百万

慈禧很荒唐，也很财迷，没想到没有精过康百万，但细想想，慈禧得了实惠，康百万在得了名声的同时，也得到了实惠，可以说，他们是各取所需吧。康百万也算是经商天才了！

八国联军还没打进北京城呢，慈禧携光绪就一路逃亡直奔西安而去。后来，李鸿章签订了丧权辱国的《辛丑条约》割地赔款，才平息了战事。慈禧打算回京，就有大臣建议，赔了那么多钱，不如转道地方，一来可以放松这些日子以来的紧张心情，二来可以为国库敛财。于是他们就改道地方省份迤逦而来。

这一日，走到河南境地的巩县，还没到县城，就有无数想巴结太后的巨贾富商和朝廷官员接驾，尽管慈禧累得如丧家之犬，但她的谱还是要摆的，就强打精神一一应付，收了很多进献的宝物。慈禧应付完了，就想赶紧找个地方休息。那时候义和团虽然被消灭了，但匪患猖獗，民不聊生。慈禧看看巩县县衙，除了门墙高一点儿外，什么安全防范措施都没有。

巩县县令很会察言观色，他意会了慈禧的意思，忙献策，太后，您何不到人称天下三大活财神的康府去就寝？虽然比不上皇宫里的

第三辑 古装古韵

琼楼玉宇，但庄园是堡垒建构，只有一个门出入，正所谓一夫当关，万夫莫开啊！堡里一应设施俱全，粮食可着劲儿吃几十年也吃不完。

哦？慈禧正在打盹，一听来了精神，康家堡在哪儿呢？

离县城只四里地的康店镇，一会儿就能到，康洪猷现在是康家堡的当家人。

慈禧一路奔波实在累极，赶紧吩咐众人启程。时值八月，天高气爽，黄昏时分的洛河河畔分外美丽，一条碧波叮叮咚咚流向远方。远远地，康家堡就出现在斜阳里，它依邙山山脉而建，背靠五圣顶，房屋鳞次栉比，甚是巍峨。慈禧感叹一声，怪不得康家世代都叫康百万呢，康家堡前面是富庶的平原地带，后面是金龟探海的风水，依山傍水，果然是个能发财又适宜居住的好去处。

康洪猷刚觐见完慈禧正在休息，忽然下人来报，慈禧太后驾到！他赶紧正衣冠，率领一家老小迎驾。其实他不想和朝廷有什么瓜葛的，他的祖上在明朝时期就是朝廷要员，老祖留下遗训，当官要知急流勇退，做绅要知进退留余。他知道伴君如伴虎的滋味，哪里跟他这个土皇帝来得逍遥自在。他明白，大清的康乾盛世再也不会回来了，现在的慈禧就如饿狼一般，她惦记谁，谁就会被扒一层皮的。可是慈禧已经到了门口，不得不赶快迎接。

慈禧也不乘辇，只一步步跺进堡来，看着堡外粗糙粗犷，里面设计却精美华丽。她不由得慨叹一声，康爱卿，在这个乱世，如此豪华奢靡，好快乐呀！

康洪猷一听，太后这是弦外有音呀，吓得扑通一声跪下，太后有所不知，小人虽深居山野，但我也心系国家，时逢战乱，我每天广设粥棚，施舍众乡民度过这荒年啊！

呵呵，慈禧冷笑一声，爱卿既然有银子施舍众刁民，为何不资助哀家些银两扩建军队，打败那些洋毛子呢？

康洪猷一听，知道慈禧来的本意就是这个了，遂擦擦脑门豆大

草戒指

的汗珠，好，为了打败洋毛子，我就索性把我的家底全部捐献给国库，以孝犬马之劳！

那康爱卿要捐献多少呢？慈禧说着，睁开浮肿的眼皮看看康洪猷，冷冽的目光刺得康洪猷又流下细汗。

一百万！康洪猷咬牙切齿做壮士断腕状。康洪猷在想，如果你慈禧真能去打洋毛子的话，我就是舍了全部家底也在所不惜！

慈禧大吃一惊，没想到在这不起眼的山野里，竟然有如此富裕的土地主，不由惊呼一声，果然是名副其实的康百万啊！

康洪猷是何等机灵之人，忙叩谢，谢太后赏赐！

爱卿，我没赏赐你什么东西呀？

太后，君无戏言，您刚才就赏赐了我个"康百万"的封号呀。

慈禧想想也罢，不就一个空名头吗，随他叫去好了，索性做个空头人情，好，就封康爱卿是富甲一方的康百万，爱卿一定要记得，国家兴亡，匹夫有责啊！

是，太后！小的一定会唯太后马首是瞻。

太后的如意小算盘达到了，就说，康爱卿，有什么山野粗鄙食物就呈上来吧，哀家也饿了。

康洪猷哪里敢怠慢，山上跑的，海里游的，地里蹦的，大盘小碗一连上了一百零八碗。席间，敬献上康家秘方酿制的十八年陈酿康家堡酒。

一打开珍藏多年的酒坛盖，一阵浓郁的酒香扑鼻而来，慈禧嗅嗅，又摇摇玉杯，酒呈琥珀色粘挂杯边，轻抿一口，清香甘醇，不由得赞叹一声，此酒只应天上有，落入人间不复寻啊。康爱卿，这琼浆玉液以后就是贡酒了，爱卿每年可要记得上贡哦！

康洪猷明知是个当，但还是得谢主隆恩。

后来，聪明的康洪猷，打着贡酒的名号，给自家酒贴上了康百万御贡酒的帖子，大家都想品尝御贡酒到底是啥滋味儿，因而畅

第三辑 古装古韵

销大江南北，凭着洛河河运的地理优势，生意蒸蒸日上。他广置田地十八万亩，建筑广厦千间，民间流传到现在的歌谣证明了当时康百万的兴旺发达：头枕泾阳西安，脚踏临沂济南，马跑千里不吃别家草，人行万里尽是康家田。

瓜　缘

　　当大侠遇到美女，当美女遇到大侠，肯定会发生故事。呵呵，不光我这么说，聪明如你，也一定猜到了。

　　俞大侠一看到月光下圆滚滚的西瓜就惊呆了，惊呆了的还有对面的雅芳。雅芳是刘老仁的三女儿的小女儿，自从姥爷在宫里吃御贡的西瓜偷出了西瓜子，她家的瓜地里就没有安生过。

　　好事不出门，坏事传千里，一来二去的，漫河出了贡品西瓜的事，就传到了乾隆那儿，乾隆本想大发雷霆，但想想刚给了参加千叟宴的刘老仁老寿星的嘉奖，如果再把他杀了，世人会怎么看？他眼珠一转，计上心来，悄悄唤过带刀四品侍卫俞斌，你去河间府阜城县漫河地带打听一下，如果真有偷窃贡瓜子一事，给你尚方宝剑，便宜行事。

　　俞大侠接了圣旨即刻动身，晓行夜宿，不一日来到河间府地段，正想就着初升的月光赶路，就发现了这满地诱惑人的西瓜，还有对面月光下的美女雅芳。

　　雅芳也正向这边张望，自从乡邻知道了她家的瓜是贡瓜，就经常有人偷瓜留种。眯眼细看那人，不像偷瓜的，他有什么急事，不找店投宿却连夜赶路呢？雅芳好奇心起，索性偷偷走过来，看看他

73

草戒指

到底是干什么的。

俞大侠一路走来，没顾上休息，这时候蓦地闻见满地的西瓜清甜味儿，使劲咽了咽唾沫，偷？那是宵小所为，他身为大侠，不屑为之。

二八年华的雅芳天生男孩性格，想跟他开个玩笑，她悄悄隐到树后，正是俞大侠背对的地方，她猛地一起身，嘴里本想"嗨"地一声吓唬他一下，还没等她张嘴，就觉得浑身一麻，瘫倒在了那人怀里。

雅芳虽不是大户人家的小姐，但也知道廉耻，大黑天的，一个女人被一个男人抱着，传出去好说不好听呀。她不能问话也不能动弹，唯有把眼神射向那人，起先凌厉，后来幽怨，再后来是哀求。明亮的月光下，温玉在怀，俞大侠看着美人儿变化多端的眼神，不由得心旌荡漾，好一个美人儿！比深宫里的脂粉佳丽又多了几许清纯。

忽听瓜屋边传来咳嗽，雅芳，天晚了，快回去睡觉吧！

俞大侠忙给雅芳解穴，飞身跳出几丈开外，消失在路边的树林里。雅芳又一阵酸麻才恢复过来，她木木地回答父亲，好。

再说俞大侠，明里暗里打听了好几个人才知道了阜城县漫河地区出贡瓜的地块儿。转来转去的，巧了，正是昨夜经过的瓜地，昨晚那个姑娘正在地里忙得不亦乐乎。

雅芳抬头看见了俞大侠，嫣然一笑，客官要买西瓜吗？

俞大侠猛然惊醒，光看美女了，差点儿误了正事！

甜吗？俞大侠也想尝尝贡瓜到底是什么味儿，值得皇帝老儿专门派人来处理。

雅芳咯咯笑了，客官放心吧，自从我家的西瓜问世，就没有不回头的客人。

哈哈，姑娘，我吃了再下定论吧。

第三辑 古装古韵

雅芳答应一声，好咦！就从地里拣出一个绿皮西瓜，轻轻放在俞大侠面前，又递过一把刀，客官请便。

俞大侠拿刀轻轻一碰，西瓜裂开，切下一块开吃，果然汁液横流，特甜，特沙，唇齿之间弥漫上一股清香味儿。不由得赞叹一声，好瓜！

雅芳两眼一直没离开过俞大侠的动作，听到他一声赞叹，比自己吃了西瓜还爽，不由得一口气松下，多打量他几眼，咦？咱们好像认识。

不可能吧？

绝对认识，我从没认错过人的。

是吗？也许有长得像的人呢？

雅芳细细打量那人，健壮身材，俊眉朗目，面熟，却怎么也想不起来了。她看，再看，就把俞大侠看毛了，来不及吃完西瓜，扔下一锭银子就走。

客官，多了，找您钱！

俞大侠摆摆手，头也不回地走了。望着远去的背影，雅芳忽然灵光一闪记起来了，他不就是昨晚抱她的那个人吗？一想起那羞人的一幕，雅芳的脸儿又红了。

第二天天还没亮，雅芳父亲就慌慌张张地跑回了家，报告了一个惊人的消息，一地的西瓜一夜之间全被人砸碎了！最后人家还给留了一张纸条包了一锭金子。奇怪的是，他一点儿动静都没听见。

一转眼又是一年，俞大侠思思念念间，全是雅芳的影子，就专程请假回了一趟河间府，但只见，沟沟坎坎都是西瓜，他正走得口渴，买了一个就吃，好熟悉的味儿，是贡瓜！

走到熟悉的地方，又看见了去年的风景，一位美人儿正在地里忙活，他就在路上招呼，买个西瓜！

75

草戒指

雅芳听到了，拍拍、听听西瓜的响声，摘了个送上来，客官请用！顺手递过一把刀。

甜吗？

雅芳咯咯笑了，客官尽管吃，都是回头客，你说好吃吗？

俞大侠嘿嘿一笑，回头客？我们认识吗？

你不就是去年那个……雅芳说到这儿，脸儿不争气得又红了。

是去年抱你——

打住！雅芳打断他，心想，印入心中的形象怎么会忘记呢？

咱们有缘呐，去年我记得你们这儿种西瓜的不多，今年咋这么多？

去年我家的西瓜被哪个丧尽天良的歹人给捣毁了，我和我爹就收拾了地里的西瓜种分散给众乡亲，一季秋西瓜种下来，今年全河间府都是这个新品种的西瓜了，家家有瓜，我就再也不用看瓜了。

听着刺耳的话，他尴尬地笑了。

客官你笑啥？

那也多亏了这个捣毁西瓜的人啊，你看这满地的西瓜，法不责众呢！

是呀，多亏了那人的纸条：分瓜种，保性命！

呵呵，丫头理解力可嘉，我也想在这里落户种西瓜。俞大侠冲口而出，连他自己都为自己的话吃惊。

好啊，我家地多，你就来我家种吧。雅芳说完，发觉说漏了嘴，手儿揉搓着衣角，红晕又飞上了脸。

伴君如伴虎。俞斌辞了官差，和雅芳夫妻二人专门研究种瓜技艺，他们成了远近闻名的种瓜大王，你敬我爱，过着神仙眷侣般的日子。

第三辑　古装古韵

御辽计

这是一篇武侠小说，女主和男主为了一部《御辽计》争得你死我活，只要有了这部书，可以让冤死的父亲瞑目，可以让大明不灭，可偏偏这部书……

袁玉儿一个起落就欺到了哑奴身前，一个仙猴摘桃直捣哑奴胸口，哑奴似有察觉，轻飘飘一个转身，又来了个白鹤亮翅，还冲袁玉儿一呶嘴，意思是说，瞧我这优美造型！

袁玉儿气冲斗牛，边打边骂，好你个哑货！咱们整整斗了三十年，你说为了一本书值得吗？我可是拿它去御辽寇的！

她拳脚密集地打向哑奴，哑奴一个躲闪不及，险些摔倒，袁玉儿更气愤了，哑奴，咱们有几个三十年呢？你还是退一步，咱们讲和吧！

哑奴听不到她啰哩啰嗦的话语，依然认真对付着她怪异的拳脚。雪越下越大了，漫天飞舞，他们依然没有罢手的意思。不远处，一个黑衣人倒吸一口冷气，他们的轻功居然练到了登峰造极的地步，踏雪无痕！

黑衣人在漫天白雪里分外扎眼，他赶紧隐了身形，悄悄退下。

袁玉儿打累了，坐下来，肩膀抽动，哭了。哑奴飞跑进自己的小窝棚，把滚热的馕塞给她，示意她吃。袁玉儿冷冷推开，一柄寒光闪闪的剑抵住了哑奴的胸口低吼，今天你如果再阻挡我掘墓，我这次真就杀了你！

哑奴微微闭上眼，长叹一声，唉！早晚会有这么一天的，要杀便杀是了！

77

草戒指

他大义凛然之色，完全没有了哑奴的谦恭卑膝。

袁玉儿大惊，你不是哑巴？

呵呵，我是袁崇焕大帅手下大将欧阳一白，想当年，袁大人知道自己功高盖主，必有杀身之祸，就暗暗吩咐我，他死后定无完尸，就让我偷偷把他沥血之作《御辽计》带出来藏了。谁知道被你小丫头跟踪纠缠，一缠就是三十年，我大好的青春年华呀，你赔我！他说最后一句的时候，冲袁玉儿眨眨眼，调皮得像个年轻人。

她一晃眼，哀叹一声，如果不是你个死哑巴，我大好的青春年华又怎么能被耽误呢？我也早御辽成功了，大明也不会亡国的！她悠远地剜他一眼收了剑。

我们平心静气地聊聊好吗？欧阳一白讨好地说。

可以吧。

你为了御辽值得吗？

值得！

你父亲就是御辽时，功高盖主才被赐死的，难道你忘了？

我没忘，但父亲曾说，国家兴亡，匹夫有责。

你全家被抄斩，只剩你一人逃出，难道你也不记恨？

没有国哪有家？覆巢之下安有完卵？

呵呵，你父亲怕他死后他的后人来找《御辽计》，才让我守着，他临终时说，大明气数已尽，宦官当道，大清虽是外夷，毕竟和咱们中华出自一脉，皇太极重人才轻奴役，深得人心，如果能使华夏重振虎威，也不失为一件好事。

我不管，为了我父亲的遗书，我一定要得到它，你给我打开坟墓！

好吧。

欧阳一白头前带路，一头钻进了他居住的窝棚，她稍一犹豫，他说，怎么？不敢了？她冷哼一声，也跟着钻了进去。

他掀开简单的卧铺，陈年老草的味道顿时充斥了小小窝棚，她歉意横生，她争了他居住的三间青瓦房，这些年来，她收拾得干净利落，俨然成了她的家。

他掀开木板，里面露出一个洞口，他打亮火折子，带头一步步走下去，袁玉儿望望潮湿的洞口，也跟着走了下去。

越走越黑，火折子只剩豆大的光了，她下意识地拽住了他的衣襟。在一具棺木前停下，他把火折子递给袁玉儿，把棺盖掀起，她眯着眼细看，里面没有父亲的尸首，是父亲的盔甲，成人字形工工整整摆放，一本发黄的线装书摆在头部当了枕头。

欧阳一白深鞠一躬："大帅，末将得罪了！"一伸手将书拿出，交与袁玉儿。

袁玉儿翻开，里面未著一字，她惊讶、失望、落寞，这些年的诸多感情纠结，汇聚成热泪，放声大哭。她扔了那本书，他捡起揣进怀里，只有他能解开这无字天书的秘密。

他明白她此时的心情，这么些年了，与世隔绝，和她势如水火又形同亲人，个中复杂之情味儿，只有他自己心里明白。

轰隆一声巨响，墓穴将要倒塌，黑衣人狞笑着离开，三十年了，清帝交给的任务终于完成了。

欧阳一白拉起哭得天昏地暗的袁玉儿，摸摸自己花白的胡须，再看看华发的袁玉儿，暗道一声，我们还不老！遂拥紧了袁玉儿，向另一条秘道大踏步而去。

彭祖的传说

人常说，人中长一寸，寿命活一百，陈彭祖活了八百八十岁，他的人中能有多长？那样的脸走到大路上，岂不吓坏了众人？其

草戒指

实，彭祖和我们一样，人中也和我们一样，他为什么活了那么久呢？请看——

陈彭祖又娶亲了！锣鼓咚咕隆咚锵地震天响，一群毛孩子围着花轿转圈，看新娘子喽！看新娘子喽！

去，去！有什么好看的！彭祖的管家彭寿想驱散孩子，他记得他家老爷彭祖已经娶过四房媳妇了，媳妇们去世的时候，满脸褶子，可是彭祖却像小青年一样，每天游山玩水，精力充沛，而且他那个小白脸呀，就像鸡蛋剥了二层皮一样白嫩。

村里人不知道彭祖到底有多大岁数，只知道他的子孙遍布整个彭城，他活得年纪太大了，人家的爷爷的爷爷的爷爷都死了，他还是那么年轻让人眼馋。

新媳妇倩娘长得好看，大大的眼弯弯的眉儿，挺直的鼻子小巧的嘴儿，彭祖一看就吸入眼睛里了，越看她怎么越像他的第一个夫人喜娘呢？

喜娘和陈彭是邻居，从小青梅竹马一起长大，两家老人看出了门道，就撮合了他们的姻缘。喜娘爱说笑，每每说话，都会逗得陈彭大笑。陈彭爱养生之道，他和神农氏伏羲氏结为好友，他们三人经常在一起研究长生之道。

他们夫妇二人，脾性相投，又有养生之道，所生子女众多，在安享天年的时候就发现，喜娘老了，满脸沟壑纵横的褶子，陈彭却是面如满月的白面书生模样，人们纷纷称奇。

喜娘活到一百零八岁的时候，有了归天的迹象，她攥着陈彭的手说，夫君，你答应我，一定要好好照顾自己哦！

好，你也保重。

你答应我，今生只爱我一个，不再爱别人呀！喜娘说完，瞪圆了眼，气若游丝，却始终不断气。

第三辑　古装古韵

陈彭忙诺诺连声，好，我答应，今生只爱你一个！

喜娘缓缓闭上了眼睛。

由于陈彭长寿，生理需求他想女人了，可是他牢牢记住了喜娘的话，不可再爱别的女人，他就娶了小妾，始终不给小妾以正妻的名分。

娶了一个又一个小妾，小妾生了一个又一个孩子，可是陈彭就是不见老的迹象，人们戏称他为陈彭祖，他儿子的儿子的儿子都比自己的小儿子还大，他的家族，成了上古时候的一道奇景。

陈彭祖一直年轻，所以就没有老死的后顾之忧，几百年前当过官，又加上他善于经营，他的家境就很殷实了。

八百年后，陈彭子孙似乎已经忘记了还有这么一个老祖，他每隔几十年娶一回妻也成了家常便饭。

这不，又一任新娘子倩娘进门了！

掀开红盖头的一刹那，陈彭惊呆了，这不是他的初恋妻子喜娘吗？倩娘一看见陈彭也惊呆了，这人好像在哪里见过呢？路上？不对。梦里？不对。难道是前世的缘分？

倩娘性格开朗，和下人不分尊卑，和陈彭更是有说不完的悄悄话，每当陈彭有烦心事的时候，她就像一条滑溜溜的鱼滚进他的怀里撒娇，直到他转怒为喜才罢休。

陈彭好养生，又乐善好施，那年发生了伤寒瘟疫，他就把炼丹炉打开，把炼了三年的丹药无偿分发给百姓，倩娘更是忙前忙后地帮忙分发，看着头发湿成一缕的倩娘，陈彭好像又看到了当年那个开朗乐观的喜娘，他轻叹一声，我要怎么感谢你呢？

倩娘边忙边回答，咱夫妇还客气啥？一回头看到了陈彭深情注视的眼睛，她眼珠一转，嘻嘻一笑，那你就让我正位当夫人吧。

唉！要不是我当初答应了喜娘，我真想把你扶正呢。

日子就在平淡快乐中走过，倩娘也老了，她的子女也都分出去另过了，看看自己满头的白发，再看看躺在身边的年轻人儿，她禁

草戒指

不住哀叹，夫君呀，你知道我这辈子最亏的是什么吗？

陈彭睡眼惺忪地应付，啥？

我这辈子就是遗憾呐，我没成为你的正妻。

那下辈子我一定扶你当正妻。快睡吧！

你能偷偷告诉我，除了养生，你还有什么长生秘诀？

这个……不能说的。

不嘛，你就告诉我一个人，我发誓，不会告诉任何人的。

好，那俺就告诉你……

倩娘听完，扑哧一乐，那你也发誓，等我转生了，我还做你的夫人。

好好，我等你！

倩娘死了，正当她的魂游离在离恨天三界外的时候，猛听得下界有细乐传来，她在家乡上方拨开云雾一看，啊？她登时气得三魂出了窍，好你个陈彭祖，我尸骨还未寒，坟上的土还没干呢，你居然又娶了！

陈彭正笑得开心，正要去揭新娘子的红盖头，倩娘一下扑了下去，她要撕死说话不算话的陈彭，她要把新娘子的脸给抓花！

就在她的阴爪将要钩到陈彭的时候，牛头马面一声断喝，大胆新鬼！还不快去阎罗殿报到，好早早转世托生，敢在这里撒野残害生灵！你想进十八层地狱不成？

倩娘无奈，只好悠悠忽忽过了望乡台，倩娘忽然想起，她就是前世的喜娘，今世又成了陈彭的妻子。他凭什么长生不老，我凭什么一次次转世还要受轮回之苦？

来到阎罗殿，黑面阎罗坐在宝殿之上，倩娘想到了正在成亲的陈彭，就一下哭倒在那里，阎罗老爷呀，您当得太不公平了！

黑面阎罗一听，不干了，无论是新鬼还是旧鬼，没有一个不说他刚正不阿的。

嘟！大胆新鬼！你说我不公不正，细细说来！如果说不出个子丑

第三辑　古装古韵

寅卯，哼哼！别怪我把你挖眼割舌，让你下辈子当个又聋又哑之人！

倩娘听了，吓得一阵哆嗦，是，是……想俺托生了三次，都是嫁给陈彭一人为妻，为什么俺总受轮回之苦，那个陈彭却活了八百八十多岁而不死？敢问阎君老爷，您这是公么？您这是正么？

阎罗一听，还有这事？"遂吩咐主管生死簿的老鬼，快查查看，陈彭的寿限到底是何年何月？

老鬼吓得筛糠，是，是……

他抖抖簌簌翻看生死簿，从正午翻到天黑，又从黑夜翻到天明，翻了九九八十一本也没找到，报告阎君，查无此人。

黑面阎罗大怒，普天下的生灵都记录在生死簿里，难道他化成灰藏在了生死簿里不成？

倩娘说，我听夫君说过，他是上古黄帝的第八代孙，至于他的生死命运么，我夫君倒是告诉过我了……

她拿眼一瞟老鬼，阎王也顺着她的视线瞅去，老鬼当时扑通跪下，磕头如捣蒜，阎王饶命呀！想当年，陈彭的前身和我私下里交好，他临转世的时候，偷偷让我把他的生死命运搓成了纸捻子，当了穿生死簿的线了，所以生死簿的页面上没有他的资料。

大胆狗鬼！竟然背着我做下如此滔天大罪，罚你转世为狗，世世吃屎，永不得超生！

黑面阎罗亲手拆开纸捻子，上面赫然是陈彭的名字！

陈彭祖终于死了，有后世人的儿歌为证：彭祖活到八百八，小老婆把他杀……

临川梦回

汤显祖是奇才,他有离奇的身世,更有未曾谋面的红颜知己,一曲牡丹亭,一个临川梦回间,一转眼,已百年。

友人张大复来访,带来一本我的《还魂记》,汤兄请看!

我写的戏文我都会背,《还魂记》讲的是杜丽娘和柳梦梅的爱情故事,后来杜丽娘死了,柳梦梅梦见和她相会,最后梦醒,以悲剧收场。这还有什么可看的?

张大复冲我挤挤小眼睛,我疑惑地打开书页,咦?蝇头小楷写满批注,眉批也写得工工整整,还有临场发挥添加的情节唱词,简直胜过我百倍啊!我急急翻看,一页一页,密密麻麻娟秀的字迹,彷如一位温婉的女子款款走来。

知音呐!我要见这个人,她在哪里?

呵呵,都是你干的好事!

我怎么了?

你不杀伯仁,伯仁却为你而死!

请问张兄,何出此言,我认得此人吗?

不认识。

你认得此人吗?

不认识。

那就奇了怪了,他到底是怎么死的?

她是娄江女子俞二娘,秀外慧中,犹喜汤兄的还魂记,每每读来,时而亢奋,时而低泣,时而奋笔疾书,时而哀叹,她完全被你的文

第三辑　古装古韵

采所折服，她出身官宦世家，后家道中落，想起自己的身世，不能与意中人儿比翼齐飞，终日抑郁寡欢，当她读到杜丽娘断肠而死的情节时，感觉自己就是杜丽娘了，她大叫一声，书本从她手中缓缓滑落，她居然断肠而死！

死了？我听了张兄的话，失落至极，不！像杜丽娘这样的人不能死，我未曾谋面的知音俞二娘不能死，应该让她有个好归宿！

千金难买金樽酒，我喝醉了，醉眼朦胧中，有位女子款款走来，美丽端淑，见到我深深万福，我就是你要觅的知音呀，有人说，一见钟情，哪成想，只见文不见人也能相思成疾，思你念你想你盼你，可怜我一介女子，终日不出二门，我不死的话，哪能魂游千里，见你一面呢？

我举起酒杯，来，为了知音干杯！

我和二娘相谈甚欢，我们的灵魂已经融为一体。

但是相思莫相负，牡丹亭上三生路……眼看天将破晓，二娘说完，飘然离去。

画烛摇金阁，真珠泣绣窗。如何伤此曲，偏只在娄江。何自为情死，悲伤必有神。一时文字业，天下有心人。

我怅然醒来。

窗外，夜沉如水，我必须把这个感觉写出来，一定要写出来！

我惊异于我的文笔，洋洋洒洒，一篇新的《还魂记》诞生了，我重新取名为《牡丹亭》。听舅舅说，我出生那天，正好我母亲回娘家，不巧，正赶上我要降生，舅舅套了马车送我母亲，走到半路下起大雨，他们就在一个店铺的廊檐下避雨，就在那时，我降生了。那是一个卖文房四宝的店铺，店铺门前的老槐树上，垂挂着一支如椽大笔，雨水正顺着笔尖涓涓流淌。我望望如椽大笔，哇地一声大哭，店掌柜冲我母亲拱拱手，贵公子日后一定是学识渊博，文思如这瓢泼大雨般绵绵不绝呀！可喜可贺！

我拿起我那支店掌柜专门给我定做的鼠须笔，一阵龙飞凤舞，花花草草由人恋，生生死死随人愿，便酸酸楚楚无人怨。

如今，几百年过去了，我正站在我的故居前，看风中摇摆的如椽大笔，我真的做到了生生死死随人愿。戏文里在唱我，书本里在歌颂我，就连电脑里也能检索出 N 条关于我的信息。

在这个世上，生生死死怎么能随人愿呢？唯有文字能做到。能留给子孙最宝贵的东西是什么呢？唯文字而已！

四十亩地耙和尚

传说，那和尚是花和尚。传说，那罢了和耙了一个样。一句话，可以载舟，亦可以覆舟。一个清官，可以是这样，也可以是那样。

传说，涞河岸边的天齐庙是南京到北京的正中心，因此，天齐庙香火旺盛。以天齐庙为中心形成了一个集贸市场，商贾云集，游人如织，一派升平景象。

庙里有个小和尚叫慧悟，因为家里穷，自幼舍给了庙上，每天洒扫庭除倒也逍遥自在。他有个妹子叫叶美娘，长得貌美如花，被县官看中，选去宫里做了秀女。由于叶美娘姿色出众，被皇上宠幸怀了身孕，母凭子贵，被加封为贵妃。叶家也凭女贵，在涞河沿岸广置田产，盛极一时。

和尚慧悟因为自小出家，本来也可以还俗，凭借妹妹势力享受人间荣华富贵。可他不愿意还俗，他觉得寺庙里自有乐趣。

其实寺庙里的人际关系也和世俗差不了多少，除了打坐诵经外，他们也很在意谁的地位高低。由于慧悟妹妹的缘故，老方丈圆寂后，他被推举为新任方丈。慧悟每天不用干活就能衣食无忧了。

第三辑　古装古韵

饱暖思淫欲，慧悟忽然对男女情事动起心思来。每天看着上香的美女香风阵阵飘过，常惹得他心猿意马，坐卧不宁。

有一次庙会，有一女香客借住在寺庙里，慧悟借着对她讲解经法的空子，玷污了女香客。女香客有苦无处诉，只有忍辱把此事烂在了肚子里。

慧悟第一次得手后，也是胆战心惊了好长时间，但没见女香客上告与他，他又大起色胆来。庙里的和尚们见住持都这样，上梁不正下梁歪，他们也干起苟且之事，庙周围接二连三出现了女子被人玷污事件，后来，就连走在南北官道上的客商也常被他们打劫。一时间，人们谈和尚色变。

有不堪受辱的女性自杀了，她们的家人就告到了县里，以前送叶贵妃进宫的那位县官已经升任知府了，现在的县官人称王犟头。

这一日，王犟头升堂亲自审理天齐庙和尚侮辱妇女一案，县衙内外，顿时比庙会还要热闹。慧悟一身华丽袈裟登场，见了县官也不下跪，只是一个劲儿地走方步，王知县，您老难道就让俺这样站着？

王犟头本来想梗梗脖子的，可看看慧悟的嚣张气焰，顿时涎下脸来，来呀，给国舅看座！

慧悟大方坐了，知县大人，俺还要布施舍粥，周济众乡亲呢。俺有何错呀？烦您老传唤？

看着慧悟大言不惭的嘚瑟样儿，王犟头真想踹他一脚，但摸摸自己头上的乌纱帽，干笑一声，国舅爷，我看您还是还俗吧，免得有人说您长短。在下也是不得已才让您公堂对薄的。

慧悟见县官软了，他得意狂笑起来，看谁能耐我何？！

忽然大堂下喊冤声四起，有人说女儿去天齐庙烧香一去未回，有人说妻子上香回来后疯癫自杀而死。还有人说亲眼见一帮和尚在追杀一个赶考举子……

师爷的笔几乎磨秃了才记载完天齐庙和尚的罪行。慧悟听着，

草戒指

不慌不忙回答说，知县大人，俗话说，捉贼拿赃，捉奸在床，他们红口白牙诬赖好人！知道要用证据说话么？

王犟头惊堂木一拍，大胆慧悟和尚，你可知罪？

我何罪之有？

我看你是不见棺材不落泪啊！来呀，押着一群干犯，去取证据！

一行人逶迤几十里路来到天齐庙，步入大门，再拐进后堂，王犟头推开后堂一扇暗门，顿时一条深涧露出，里面白骨累累，散发着腥臭气味儿。

望着令人发指的场面，王犟头说："慧悟，你还有什么要辩解的吗？"

慧悟抹一把虚汗，暗骂王犟头，原来早就下好了绊子呀！他的口气软了不少，我妹妹乃当今贵妃娘娘，我好歹也是国舅爷，你一小小县令能耐我何？

王犟头也不和他答话，只吩咐衙役保护好现场，他立即去沂州府亲自给知府汇报。沂州知府恰恰是举荐秀女的那官儿，他自是向着慧悟的，他支吾半天才说，这事须得谨慎，你必须亲自向皇上禀报，让他老人家定夺。

王犟头星夜兼程赶往京城。皇上听说自己的小舅子犯了法，左右为难，说考虑一晚上再说。适逢叶贵妃侍寝，叶贵妃听皇上一说自己兄弟犯了法，顿时哭倒在地，恳求皇上饶哥哥一死，我叶美娘今生做牛做马来报答皇上！

皇上怜爱贵妃，第二天在朝堂上对县令说，罢了，罢了！

王犟头愠怒，但小眼珠滴溜乱转了几圈后，转愠为喜，皇上明鉴，属下这就遵旨去办！

天齐庙前的四十亩地里人山人海，人们听说处决罪大恶极的天齐庙和尚，纷纷从四面八方涌来。

王犟头县令征集了几十名犁地好手，他们站在耙地的耙上，一

第三辑　古装古韵

手牵犍子牛的缰绳，一手高举牛鞭蓄势待发。他又征集民工在地里挖了四十八个坑，坑的深浅刚好到每个和尚的肩膀处。一切准备停当，把和尚们押解来推入一个个坑里，埋上黄土，只留脖子以上。顿时，他们血液流通受阻，脸一个个成了猪肝茄子色。

慧悟大喊，好你个狗日的王犟头！皇上老儿都罢了我们，你却要暗用死刑！看我不告你！

哈哈哈！王犟头一声长笑，我正是按皇上的意思办事的。不信你看，这就耙了你们！

王犟头大手一挥，耙上站着的农夫威风凛凛，不亚于牛头马面，他们一挥牛鞭，几十头牛拉着耙飞跑起来，顿时四十亩地里尘土飞扬，耙齿所到之处，鲜血噗地涌出，四十八个作恶多端的和尚顿时殒命！

周围掌声雷动，人们原以为，既然皇上都不稀罕理这些和尚了，王犟头也拿他们没法，不曾想，他的点子这个绝！

事情传到皇上那里，皇上恼怒，但转念一想，是自己说罢了的，也怨不得王犟头耙了呀，只好暗将怨气暂留肚子里，以备日后再发。

王犟头自知仕途到此结束，遂弃官留靴，一路唱着山歌而去。自此不知所踪，唯留这四十亩地耙和尚一段美谈在费城的涞河流域流传。

第四辑　我爱我家

在写作里，多多少少都带有自己的影子、自己家人的事迹，这让小说更具有了烟火气。敬爱的父亲母亲、公公婆婆，还有亲爱的兄弟姐妹、爱人和儿女，无一不在作者的笔下喜怒哀乐着。那种子欲养而亲不待，那种执子之手，与子偕老的亲情，在心底最柔软处荡漾开来，绚烂如霞。

家有小三

谁如果和小三沾边了，那肯定比遭遇瘟疫还闹心。可我家的小三咋就这么可爱呢？

看着妻与小三脸贴着脸亲吻，我醋意大发，你能也亲亲我吗？
妻瞪我一眼，你活该！
那个小三也瞪我！
唉！有小三的日子不好过，想跟妻亲热还要看他脸色，我这个大男人可真窝囊。

一日下班，又看见妻坐在门前和小三亲热，更要命的是，他在把玩妻丰满的乳房！过份！这里这么多邻居在看，妻不觉得丢人，还一脸地幸福！那个小三更是满脸的满足！

我一把扯起妻就走，光天化日的，你也不顾虑我的感受！

妻冲我冷笑，呵呵，二人世界多好，你偏要个小三，后悔了吧？活该！

你再说一次活该试试！我举起拳头威吓。

你不用吓唬我，到时候俺跟小三走了，你哭都来不及！妻把威吓又砸向我，我马上换上灰太狼的表情，老婆，你消消气，俺以后再也不管你和小三的事了。

妻瞪我一眼，搂抱着小三，屁股一扭一扭地进了屋。我直看得原始欲望在勃起，可想想小三的白眼和妻是如此地相像，我强行压下欲望，灰溜溜滚进了厨房。

眼看着小三长出了青青的胡子茬，每次我和妻吵嘴，他都会撇着嘴不屑地说，你再欺负她，我把她带走！

于是我气馁，在每次的妥协中，我终于默认了他的存在。

谁知他得寸进尺，只要一有空就腻歪在妻的怀里撒娇，我暗暗撇嘴，哼！瞧着比我还高一头乍一背的，怎么那么娘！我骨子里竟然生出阿Q精神。

他在大学里成绩优秀，考入大洋彼岸某高校，不日就将动身，我那个高兴呀，终于摆脱小三了，妻终于只属于我一个人了。谁知妻却在我的怀里哭得淅沥哗啦，我的心也莫名空旷起来。

唉！以后没有小三的日子该怎么过呢？

我和母亲有个约定

母亲的殷殷期盼,是我写作的动力。如今母亲已经不在好几年了,我的思绪无处诉说,只有化诸笔端来倾诉对母亲的思念之情。

母亲目不识丁,可偏偏嫁给我那多才多艺的父亲,父亲读线装书,写得一手好毛笔字,二胡拉得如二泉映月般流溢,柳琴戏唱得我们如醉如痴。有时候母亲看父亲在看书,就想让父亲给讲讲里面的故事,父亲扔给母亲一本,说,自己看!气得母亲直跺脚,你明知道我不认识字,你这不是在埋汰我吗?

母亲就发誓,让她的女儿们个个识字,不要等到结婚了让男人看不起。那时候的农村,认识字的没有几个,更何况是女孩子家。可我们姐妹个个能写会算,这在农村是个奇迹。母亲为了让我们上学,就不停地养猪喂鸡,给我们换取学杂费。有人说我母亲是瞎折腾,女儿长大了是泼出去的水,还不如现在让她们跟着队里挣点儿工分来得实惠。

母亲不依,说,俺女儿都是人才呢,可不能让俺给耽误了。父亲不反对母亲瞎折腾,还经常教我们一些字词,经常给我们讲读书做人的道理。

后来,因为生活所迫,大姐和二姐先后下学干活了,我就成了母亲眼中的宝,母亲说,咱娘俩约一下,你一定要好好做学问,要给俺长脸。

十二岁的我郑重点头,为了母亲的约定,我好好学习,以优异的成绩考上了初中,在初中三年的时间里,我发奋学习,临近中考了,

第四辑　我爱我家

一场重感冒毁灭了我的高中梦。

我本来想复读的，但看看母亲常年高血压头疼，经常吃药打针，本来就很拮据的日子，现在却拉了一腔饥荒。我含着眼泪告别了我的八年学生生涯，干活，结婚，生子，走上了农村女人走的平常路。

也许没有和母亲的第二次约定，也就没有了我今天的成就。母亲高血压引发了脑溢血，整整瘫痪了九年，大脑严重受损，经常记不起我们是谁。二姐给买了轮椅，我们姐妹经常轮流推着她在外面晒太阳。

我记得那是四年前的秋天，暖暖的秋阳照在母亲消瘦的脸上，母亲说，我还记得你小时候给我念的床前明月光呢。

我惊诧，我都不记得了，她现在大脑退化了倒还记得。

你再给我念念吧。

就在这暖阳里，我给母亲念起了一首又一首诗句。

母亲说，如果我闺女能写出这么美的字就好了。我忍了泪，说，娘，您等着，我写给您看。

撂下多年的字，再重新拾起是多么的不易。我边读边练习写，好在现在有电脑，对字的输入简单了不少。为了实现我与母亲的约定，我又像读书时那样发奋学习了。

终于在前年，我四十四岁的时候，发表小说和散文三十多篇，其中有一篇是写给母亲没有投稿的，我要专门面对面念给母亲听。可那时候母亲已经去世两年了。我只有把发表的稿子焚烧在母亲坟前，千言万语一时哽咽在喉，唯有泪流！

支　撑

　　有时候就是这样，被我们照顾的人却成了我们的精神支柱，而我们年轻的人有什么理由不奋发图强呢？有什么理由懈怠不前呢？

　　其实，我们不需要公公帮忙干活的，可他偏说，我监督你们干。

　　我们雇了十几个工人，我和老公也甩开膀子干，公公大病初愈不肯在家歇着，非要来帮忙。连之前从不离身的拐杖都不拄，先是帮我们打扫卫生，犄角旮旯儿扫遍了，就一瘸一拐地把木头旋下的碎皮子拿出去晒。可我们都不敢说他，他要强，脾气大。

　　今年行情不太好，我和老公吃饭时商量，如果生产出来的皮子没人要，就歇歇工。公公正在那儿自斟自饮，听见后把酒壶重重放下，我说小六子呀，你花十几万建的厂子，哪能说不干就不干？我不用你养，你还得供俩娃上学呀！

　　我们不是不干，是等行情好了再干。老公争辩了一句。

　　行情好了人家就抢先了，还能轮到你发财？

　　那咋办？

　　以我几十年的经验来说，要坚持，再坚持。没听说河东转河西吗，备不住明天一觉醒来，行情就好了呢！

　　好吧，其实我们也不想停产，倾尽所有建的厂子，谁舍得停呢？白发苍苍的公公还在帮着做活，我们有什么理由不坚持呢？

　　公公在厂子里呆的时间长了，就有街坊四邻的传言丝丝缕缕灌进我们的耳朵，这两口子钻钱眼儿里去了，他爹快八十了，还像支使老牛似的。兄弟姐妹也有酸不拉叽的话传来，老爷子就这一个儿

第四辑　我爱我家

子吗，干吗光给他干活？

老公从小没了娘，公公将他一手带大，这些话让他受不了，非要撵公公回家去享福。

公公倚门长叹，要不是你欠了一屁股债，我才懒得干活呢！

啊？你怎么知道的？

前些日子我住院，银行不是要封你的厂子吗？

那是担保人出了问题，其实……

你不用解释。我知道，现在的木材厂日子都不好过。咱们一定要齐心合力多挣点钱，早点还上贷款。

迎着公公坚毅的目光，我和老公郑重地点了点头。

进入腊月，生意出奇地好了。我们将贷款还清，村里还把我们树为致富典型。公公高兴地说，这下子我总算放心了。

公公不再来帮忙，我和老公很是惦记，一有空就回村里看他。有一次我们进村，他正在街上和一帮老头老太侃大山，那根拐杖又回到了手边。不用做我们的支撑，他自己又需要支撑了。

骂　街

现在生活节奏加快了，打架骂街的也少了。可我大妈会骂街，骂的那水平，高！我大爷也会骂，骂得比大妈的水平还高，为啥？因为他是老师啊，有学问呗！

我大妈嫁给我大爷的时候，已经妨死了两个男人，带着一儿一女进了我大奶奶家大门。我大爷从小得了小儿麻痹症，病细了一条腿，队里照顾他让他当了代课老师。

95

草戒指

大妈真争气，进门没几年就给大爷生了俩女儿，大爷苦着脸说，你是造孩子的机器啊！就不能造一个儿子出来？大妈正坐着月子，不爱听了，你种的谷子能出蜀黍？！噎得大爷半天说不出话来。

大妈干活利落，村里有个大事小情的都爱找大妈帮忙，大妈也就赢得了个好名声。她名声很好，有一天却骂街了，她搬了个小凳坐在大河街最热闹处，倒上一碗大叶茶喝着，手里拿个菜刀把面前的菜案子剁得山响，二孬你给我听着！你这个流氓，偷看俺洗澡，你怎么不看你妈洗澡呀！

大嫂你就别骂了，你不嫌埋汰我还嫌埋汰呢，我不就是去你家串门没敲门吗？怎么还成流氓了？俺那是文盲！

不管你是文盲还是流氓，你就是不对，难道还不兴俺当着大伙儿的面说道说道？

奶奶的——二孬的熊脾气上来了，刚张口说了这一句，大妈就杠上了，奶奶？你没奶奶你爹从哪儿来的？他——大妈一指从对面走来看热闹的二孬的爹——石渣里蹦的还是放炮轰出来的？

二孬本来是个鲁莽之人，没多少嘴见，女人什么都敢骂，祖宗八代翻出来晒着地骂，因为她们的祖宗在外村听不到。二孬可不敢敞开了骂，不用八代就骂到自家先人了，他听着大妈的骂，成了仙人洞的蛤蟆——干鼓肚就是叫不出来。

从此村子里的大姑娘小媳妇洗澡，再也不用担心有人偷窥了。

那时候的大河村，骂街就像吃饭一样随便，大到偷人养汉，小到丢鸡少蒜，女人们都会扯了腮帮子亮开破喉咙地骂上一通，如果哪天没人骂街了，人们就像吃饭没就辣子一样没味儿。

最好看的骂街要数大爷和大妈对骂了，大妈是火爆脾气，一有点儿火星就着，偏偏大爷的脾气温吞，火烧屁股了也不会挪窝，大爷天天挨骂，大爷为人师表，不好回骂，只会说同上俩字。

你个老不死的，吃饭吞了苍蝇了咋的，快点吃能噎死你？

第四辑　我爱我家

同上！

你个老畜生，踩着菜苗了，瞎了狗眼了吗？

同上！

大妈骂什么大爷就会说同上，大妈没有对手的对骂也失去了兴趣，我怎么嫁给你个木头疙瘩了呢？倒了八辈子血霉了。

大爷沉了脸说，你妨死了两个男人，我要你是你的福气！

大妈拿了笤帚就打，你个死瘸子，打人不打脸，揭人不揭短。人家算命的还说我穿七条白裙子呢！

大爷这次吃错药了，居然回骂，我还妨两车子一驴呢！

一车推俩，两车子四个，再加驴身上那个，正好五个！也就是说，大爷能妨死五个老婆。

大妈一听大爷说他要妨五个老婆，不乐意了，你有种，你去找你那五个老婆去呀！反正俺是第六个！妨不着俺！

看热闹的哄得笑了，大妈骂人基本不带脏字，却骂得机智过人，这也算一种才能吧。

大妈不光骂大爷，大爷去教学没对手的时候就拿儿女开炮，儿女惧怕大妈，唯恐做错一点被妈妈骂。后来他们结婚了，个个都挺孝顺，用他们的话说，一听见妈妈咳嗽，就吓得一哆嗦！

大妈骂人上瘾，可偏偏就不敢骂婆婆，婆婆是我大奶奶，大奶奶一生没儿没女，过继了我奶奶的大儿子也就是我大爷当儿子。

大妈为什么不敢骂大奶奶呢？她说她怕婆婆那双眼睛，忒毒。我们奇怪，我大奶奶是个瞎子，整天闭着眼睛，没看她睁过眼啊。可大妈就是怕她怕到骨子里，大奶奶指使她倒尿罐子，她捏了鼻子去倒，指使她把饭菜端上床头，她就恭恭敬敬端去。

大妈好不容易盼到大奶奶入了土，盼到儿女成了家，她却得了绝症，寻医问药也不见好，孝顺的儿女轮班伺候着，弥留之际，大妈懊悔，我成天骂你们，不记仇吗？儿女回答，妈妈骂我们是为我

97

草戒指

们好,再说你那么孝顺奶奶,我们耳濡目染惯了……

大妈最后的目光停留在大爷身上,大爷攥紧了大妈的手,大妈说,我一辈子净骂你了,你就骂我一句吧。

大爷习惯性地说,同上。

却已泪流满面。

难忘枣泥月饼香

每位游子在外漂泊时,都会在午夜梦回时想起家乡的某一样东西,这东西带着亲人的体温,温暖着游子的心,一直游弋到内心深处,无论青春年少,还是华发满头,一想起来,那浓浓的亲情就会把游子淹没。

那一年夏天,我和父亲闹掰了,跟随别人去了南方打工,我发狠不给父亲打电话,也不写信,谁让他叫我滚呢,我索性就滚得远远的,让他眼不见心不烦。

有后续来的老乡告诉我,你父亲把县城和市里找遍了,也没找到你,后来他听说你来南方打工了,才放心,说如果我们见到你,捎信让你回去复读。

我好不容易才逃出那个穷家,再也不想回去了,虽然每天在工地累得像狗一样,但心理很轻松。

也许生活就这样一路走下去的话,我到现在还是个农民工。

我在工地刚刚干了一个月的活儿就出事了,我在搭起的架子下面给大工扔砖,有一块砖被竹排挡了回来,划着弧度就奔我的额头来了,我一侧身,那块砖就砸到腰上了,我疼得当时趴下了。工友们慌了,忙送我去医院,检查后发现,伤到了软肋,需要卧床休息。

第四辑　我爱我家

再过几天就是八月十五了，躺在简陋的工棚里，我想吃家里自己打的枣泥月饼了，每年就是再忙再穷，母亲也会亲自打几个月饼给我吃，那叫一个甜啊，那叫一个香啊。我咂咂舌，仿佛枣泥月饼的香甜还在舌尖萦绕。可是，母亲去年已经去世了。

老乡说，给你父亲打个电话吧，省得他担心。我说不能打，打了他更担心。

八月十五这天傍晚，老乡们都逛街玩去了，我一个人躺在工棚里，瞅着屋顶发呆。一个黑影在门口探头探脑，我借着灯光一看，是父亲！他胡子邋遢的，手里提着个包袱，我艰难起身，惊喜就窝进他的眼窝，我的眼睛湿润了。我等着他温暖的话语来安慰我，而他嘴里吐出的却是，让你复读，你非逞能打工，伤着了吧？如果不是听回家过十五的人说，我还不知道呢。

我的心顿时凉透了，冷冷地说，你回去吧，我快好了。

父亲大概没看出我的冷淡，忙着解开包袱，喏，这是我新打的月饼，你最爱吃的枣泥馅。

我接过月饼，咬一口，酥皮，香。再咬一口，枣泥特有的香甜一下侵入脾肺，往日的回忆也被勾出来，我仿佛看见，他爬上高高的枣树摘了枣子，煮了，捣成泥。母亲和了面团和油面，掐一块揉好的面剂子，放进一小块油面，擀成皮，再对折，再擀，直到油面和面团混合均匀，再放入枣泥，团好，按平，放在鏊子上，上面盖上瓦盆，慢火烘焙。母亲去世了，父亲学着母亲样子做的月饼也很好吃，我吃出了满眼的泪。

父亲看着我吃完，说，我看你就像这月饼皮，欠擀！哪天擀成好皮了，就成好吃的酥皮了，吃完了就跟我回家！

第一次我没有反驳父亲，跟着父亲回了家。

如今十年过去了，我已经在城里安了家，每年我都会带着儿子去父亲那里蹭月饼吃。又快到八月十五了，父亲，你又打好月饼了吗？

草戒指

情人节的礼物

每年都有情人节，可偏偏老公是个马大哈。为了能让我们和好如初，乖巧的女儿会怎么做呢？那个呆头鹅一样的老公会怎么做呢？我会原谅他吗？

哼！你以为你洗衣服我就原谅你了？你以为你做饭我就原谅你了？你以为你给我端洗脚水我就原谅你了？没门！以前我做这些的时候，难道是应该的？

愤怒！我要购物！我要买平时连价格都不敢问的服装，我这么节俭干什么，省吃俭用的谁感谢我呀？我拿起留在女儿手里的手机奔出家门。

走在豪华的商业街上，我觉得我连乞丐都不如，摸摸兜里薄薄的几张人民币，再看看橱窗里华丽的衣服，我始终没敢迈进商店。上哪里去呢？忽然手机震动了一下，是短信，亲爱的，别生气了好吗？有礼物送你，咱们老地方见，不见不散！

哼！我凭什么在老地方等你，你工作累我就不累吗？我为女儿着想，想让她上教育质量更好的高中，难道你不希望吗？尽管女儿对上什么样的学校不介意，但那是我们做父母的责任。你说儿孙自有儿孙福，但那是老黄历了，能跟上现在的社会发展吗？为此你和我冷战，我就那么活该操心吗？求哥哥拜姐姐的办点事，你以为那么容易吗？

不过，他短信里似乎有礼物要送哦，结婚十几年来，我还从没收到过他的礼物，他也从不记得生日结婚纪念日之类的，他似乎成了挣钱的机器，除了上班就是加班，完全没有了以前的浪漫。

第四辑　我爱我家

　　他想给我什么礼物呢？是金戒指还是时装？那时候结婚穷，买不起金戒指，我伸出手看看，长期的体力劳动，关节已经变形，他如果真买了，我能带上么？再打量打量自己的身材，哪里还有腰呀，他真买了时装，他知道我的腰有多粗吗？先不管了，为了他能开窍送礼物给我，我也应该去看看，我事先声明，并不是我原谅了他，纯粹是好奇。

　　走在熟悉的公园里，我们有多久没来了？人工湖边，露出芽苞的垂柳摇曳生姿，飞檐斗拱的亭子里，石桌石凳质朴典雅。他已经坐在那里等我了，他穿的休闲装有点寒酸，他的腰甚至有些佝偻！这就是和我生活了十几年的爱人吗？看着风采不再的爱人，我的鼻子一酸，他干嘛乱花钱买礼物哟！

　　来了？他主动打招呼。

　　看看他手里没有包装好的手提袋之类的东西，我的眼里一定透出满满的失望了，他忙陪着小心，冷吗？我给你搓搓。

　　他把我的手放在他的掌心，一股久违的温暖就这样经过神经，传递到心里。

　　礼物呢？我眼巴巴地望着他。

　　礼物？你没说要啊？对了，我临出门的时候，女儿给了一盒巧克力，她说今天是二月十四情人节。

　　他在口袋里掏出小巧的心形巧克力盒子，打开，小心地剥开一块放进我嘴里，甜吗？他小心地问。我点点头，带着他的体温的巧克力在我嘴里融化蔓延，和我融为一体。

　　你……你……他小心翼翼，吞吞吐吐。

　　有什么事快说！我向来是个急脾气。

　　你、你不是想向我道歉的吗？其实我在心里已经原谅你了。他的眼神在闪烁。

　　我？我指着自己的鼻子，我有错吗？我哪根神经搭错了，向你道歉？

101

草戒指

他掏出手机，翻出一条短信：亲爱的，对不起，我不该打碎你心爱的青花瓷瓶，我要当面向你道歉，老地方见！

我啥时发的，我怎么不记得了？你的青花瓶碎了就碎了，改天再买个，对了，你的手机女儿拿过没有？

她刚玩过游戏。

哦！我明白了。可是她是怎么知道咱们约会的老地方呢？是猜的还是她偷看了我以前的日记？

不行，我得回家，才屁大点的孩子就懂什么老地方情人节的，她上了高中岂不恋爱？

咱们打工的好不容易有七天年假，你就消停几天好吗？再说女儿这么善解人意，你难道不高兴吗？爱人的眼光几乎是祈求了。

我瞅瞅已到中年的爱人，鬓角隐隐有了白发，我破天荒地没再辩解。

爱人拥紧了我，冷吗？咱们回家。

我嘟起嘴，不行，你还没送我礼物呢！

我不是给你巧克力了吗？

那是女儿给的，不算。你今天必须送！

爱人看着我的眼睛，你说吧，今天你要什么礼物我都满足你。

好！这可是你说的，你背我回家！

啊？

爱人左看右看，情人节的公园里，情人如织，他们勾着手的，拥抱的，每对都亲亲密密，只是他们的岁数比我们小了许多。

爱人在我面前背着我蹲下，好吧，你注意看着熟人。

我爬上爱人的背，把头深深埋进他的衣服里，我才不看碰到什么人呢，嘴里却答应着，好！

第四辑　我爱我家

爸爸妈妈手牵手

这篇取材于一个真实的故事，由于爸爸的过错，让妈妈伤了心，喝了药，果果为了能见到亲爱的妈妈，竟然也想……

我翻遍了家里的犄角旮旯，终于在洗澡间里找到了一瓶农药，我打开盖，浓烈刺鼻的气味扑来，我想吐！

奶奶！我大喊，我喝药了，喝了药就能见到妈妈了！

奶奶从屋里一蹦三跳地跑来，一把夺过药瓶扔了，你个死孩子，添什么乱呐！

我叫果果，人家都叫我小帅哥，奶奶经常夸我，俺孙子怎么就这么帅呢？随爸爸！

我说，不，随妈妈，妈妈最美了！

很多时光在我八岁的记忆里晃过，那时候，爸爸妈妈牵着我胖胖的小手在大街上走，村里人都说，瞧这一家子，多幸福！

是的，我是幸福的，除了爸爸妈妈奶奶喜欢我，还有雪阿姨也夸我是帅哥呢，她经常买好吃的给我，果果啊，我有点儿事跟你爸爸说，你出去吃东西好吗？

不嘛！我要跟雪阿姨玩儿！

果果乖哦，我是来跟你爸爸学电脑技术的，你先出去一下，我再来的时候给你买奥特曼哦！

我乖乖地出去了，坐在爸爸开的电脑维修店前，吃起了沙琪玛。

店门轻轻带上了，我听到了里面雪阿姨温柔的笑声，和爸爸爽朗的笑声交织在一起，雪阿姨很快乐，我吃着点心也很快乐。

草戒指

那是暑假的一天，我正坐在台阶上吃雪阿姨给的雪糕，远远地看见妈妈来了，我高兴地大喊，妈妈！

我听到屋里悉悉索索的声音，撞翻板凳的声音。

妈妈问我，果果，你爸爸呢？

在屋里呢。

大白天的，关什么门呢。

雪阿姨在学电脑技术呢，怕我打扰他们。我舔了一下雪糕说。

妈妈猛地推开门，雪阿姨慌张地看看妈妈，你来了？嫂子。

妈妈没说话，冲进里间屋，我也跟着进去了，爸爸正慢条斯理地在穿皮鞋。

妈妈上去就给了爸爸一巴掌，怪不得人家都说呢，我还不信，你对得起我吗？啊？！

爸爸瞪着眼推搡妈妈，神经病！妈妈摔倒了，哭了。我忙去扶妈妈，妈妈一巴掌打在我的胳膊上，死孩子，就知道吃！妈妈白疼你了，你不帮我看着爸爸，他和那个狐狸精好了，不要咱们了！

我哭了，雪阿姨不是狐狸精，妈妈你看，她还给我买雪糕呢！

妈妈瞪我，起身去找爸爸评理，雪阿姨走了，爸爸坐在电脑前，盯着荧屏发愣。

你个不要良心的！也不撒泡尿照照你长什么样！我跟你时你是个穷鬼！你现在有钱了是吧？敢胡作非为了？

爸爸平静地说，咱们没爱情，离婚吧。

妈妈发疯了，四处打砸，屋里乱了。

奶奶听到了信儿，把我抱了出去，我哭着哭着就躺在奶奶怀里睡着了。

一觉醒来，摸摸妈妈的下巴，咦？不是妈妈！我吓得哭了，谁？胡子邋遢的！

果果乖哦，我是爷爷，你妈妈病了，住院了，你奶奶去伺候了，这几天你就跟我睡。

跟着爷爷哪有跟着妈妈好啊，我想妈妈了。

三天后，奶奶回来了，我蹦跳着迎接奶奶，奶奶奶奶！我妈妈病好了吗？我也去看看她！

果果乖哦，你妈妈快好了，你在家里听爷爷的话，医院里有病菌，小孩子不能去的。

夜里，迷迷糊糊中，我听见奶奶说，果果妈真是个傻孩子哟，凭着好日子不过，干嘛喝农药哟！

爷爷哼了一声，哼！还不是你儿子作的孽！

奶奶提高了嗓门儿，我儿子？难道不是你儿子？管得了男人就管，管不了就乖乖听话，干嘛想不开？

爷爷嘘了一声，小声点儿，别让果果听见。

我又迷糊着睡着了，我知道，妈妈不是生病了，是喝了农药自杀了。我做了一个梦，梦见妈妈死了，我使劲拽她的手，冰凉！爸爸又给我娶了个后妈，是雪阿姨。

我哭了，妈妈！我再也不吃雪阿姨的东西了，你回来吧！

果果醒醒！做噩梦了吧？

我要找妈妈！

乖哦，小孩子不能去的。

那我明天也喝药，喝了就能见到妈妈了！

奶奶抱着我哭了，乖，你妈妈过几天就会回来的。

爸爸呢？

你爸爸在伺候你妈妈呢。

奶奶夺了我的药瓶子，却没带我去见妈妈，我想妈妈了！真得很想很想！

我翻看着家里的相册，爸爸妈妈紧紧依偎着，笑得像花儿一样，我就坐在他们中间，他们是因为我闹得不愉快吗？如果没有我，他们就会和好吗？

又过了三天，妈妈回来了，我扑进她怀里哭了，妈妈也哭了，傻儿子，妈后悔了，妈为了这样的人喝药不值得，你干嘛也想喝药啊？

爸爸！我看到妈妈身后的爸爸，他这几天没回家，黑了瘦了，他是伺候妈妈去了吗？

妈妈看看爸爸，扭回头，拉着我的手进了屋，我另一只手勾住爸爸的手，他们的手好温暖！

父亲打鼠

记忆中的父亲多才多艺，可母亲总说他窝囊，就是这样窝囊的人，却做了一件惊天动地的事，以至于他跟人讲起的时候，激动之余，而心悸不止。

父亲多才多艺，爱读线装书，写得一手好毛笔字，二胡拉得如二泉映月般流溢，吕剧唱得我们如醉如痴。他还会耍花棍，舞得如孙悟空的金箍棒般密不透风。他更爱快板，特别是爱说武松的段子，闲言碎语不要讲，咱单表一表好汉武二郎，那武松，学拳到过少林寺，功夫练到那个八年上……他张口就来。他羡慕武松的大碗饮酒大块吃肉，更羡慕武松打虎时的豪情万丈。

可在我们家里，奶奶认为父亲是她最胆小的一个儿子。她经常守着父亲说母亲的坏话，父亲每次都是诺诺连声，奶奶本来颠着小脚偷偷跟在父亲身后，想等着看父亲教训母亲的，可父亲总会对母亲说，饿了，吃饭。母亲就忙着伺候父亲和我们这帮皮猴子吃饭。奶奶每次失望之余就在想，可能是吃饭比骂媳妇更重要吧。

第四辑　我爱我家

母亲也认为父亲胆小。在那个年代，能写会算的父亲成了队里的会计，是队里的镇队之宝。那时候曾经流行这么几句话，巴结官吃得开，巴结会计动笔尖。也就是说，会计很有实权的，记工分的时候，歪歪笔尖就能让人吃饱肚子，可是父亲拒绝了很多人送的鸡蛋、点心啥的，母亲就老骂父亲胆小，成不了大气候。

我不光嫌父亲胆小，还嫌他窝囊。后来生产队解散了，父亲凭着一手好木匠活赢得了村里人的尊敬，他就时不时给人家打个柜橱做个桌椅啥的，从不收工钱，别人给，他总会说，乡里乡亲的，谁还用不着谁呀。

这样窝囊又胆小的父亲，却做了一件惊天动地的大事。那是一个秋天的早晨，人们都下地收地瓜去了，父亲突然想到院子里的电刨子还插着电，他怕鸡把开关给刨开了酿成火灾，就忙回家去关闭电源。正当他关完电源出来时，就看见一个人影悠忽一下飘进了邻居家，我们邻居是一对老人居住着，他们这个时候正在山上的地里刨地瓜呢。

父亲的第一个反应就是——贼！他爬上小平房伸脖子往邻居家张望，就看见两个贼眉鼠眼的家伙，其中一个人打开屋门闯了进去，另一个人左右观瞧，父亲知道这个是放风的家伙，父亲就咳嗽一声，他想用咳嗽警告那两个人，有人，你们赶快走吧。可这个贼偏偏不领情，他一仰头就看见父亲露在平房梯子上的眼睛，他拿刀对着父亲一划拉，意思是，你别吱声。父亲吓得一缩脖子，就坐在梯子上想，他一个人是斗不过俩贼的，睁一只眼闭一只眼算了，还是回地里干活去吧。父亲拍拍屁股刚要走，就听见邻居家的羊咩咩直叫，他不由得又爬上梯子看，这一看不要紧，只见院子里到处都是血迹，他们寻不到钱，把邻居家的一只母羊给杀了，他们快速地用手里的尖刀剥皮。那可是邻居老两口好不容易喂养的羊呀，他们几乎把那只母羊当成了自己的闺女一样疼爱，那可是他们唯一的经济来源。

草戒指

还有小羊羔可怜的咩咩声，分明就是失去了母亲的两个孩子在哭泣！

父亲只感到血往脑门上涌，伸手拿起一块板砖在手里掂了掂，不行，人家有长刀子呢，这个太短了用不上。又换上铁锨在手里掂了掂，趁手！他忙去取大门，取大门的手还没拉开门，他的腿肚子就哆嗦着抽筋了，怎么也迈不出去那道低矮的门槛儿。

他忽然想起武松三碗不过岗打死了猛虎，他忙上屋里找酒，过年敬天的酒还有半瓶。父亲几大口酒灌了下去。父亲从没喝过酒，他只觉得天旋地转中，有一股热气自丹田中升起，从两肋边平生出万丈豪气，他把铁锨舞得如金箍棒一般风雨不透，同时，他嘴里还念念有词，闲言碎语不要讲，单表一表好汉武二郎，这武松，身高足有一丈二，膀大腰圆有力量，脑袋瓜子赛柳斗，两眼一瞪像铃铛……父亲就在铿锵有力的山东快板里雄赳赳气昂昂地迈出了那道门坎儿。正巧，那俩贼也抬着羊肉，手里还牵着俩小羊羔出了邻居家的门。父亲一见，把铁锨舞得跟风火轮一般向他们打来，这俩人一看，来了个练家子，他们忙扔了羊肉和小羊，和父亲对打起来。

父亲继续念念有词，越战越勇，起初那俩贼没听明白父亲念叨的是啥，后来才听明白了，原来是……让过虎头抓虎尾，伸腿骑在虎背上，两膀一晃千斤力，把老虎摁在地当央……

这俩贼一看惹不得，原来是个二武松，他们虚晃一刀，忙骑上摩托车逃跑了。

我们在地里久等父亲不回，母亲就派我回家看，父亲枕着门槛睡着了，我喊父亲，父亲翻个身，嘴里嘟囔，好酒！

再后来，我那从不喝酒的父亲就迷恋上了酒，到他再唱武松打虎时就给改了词：闲言碎语不要讲，咱单表一表爱打鼠的陈大良，那大良，精通棍棒爱快板儿，两膀一晃有力量……

第四辑　我爱我家

老爹的心事

　　这个老爹是个难伺候的主儿，自己能走能动，却要儿女每天轮流做饭给他吃，无论刮风下雨亦是。儿女嫌麻烦，让他关了门奔儿女去，可他偏偏不去，为啥？

　　今年的大雪比往年来得早。我推开门，一脚踏了出去，雪没过了脚脖子。爱人一大早开着车去工厂干活了，娘家在五里外，我的电动车却趴了窝。我穿上雪地靴，围上大围脖，不去也得去，还有一个老爹在等着吃饭呢！

　　我记得父亲伺候我母亲的时候，变着花样给母亲做饭。可自从母亲去世后，他没做过一顿饭。让我们兄妹五人轮换着给他送饭，我的哥哥和小弟在县城工作，两个姐姐外嫁，就我离父亲近，一到忙的时候，他们就会打电话让我临时伺候一下。可我也要养家呀，就和父亲商量，您去我家住吧，虽然五里路，但我每天奔波三趟，也够累的。

　　不用你伺候，让你大哥来。父亲不愿意上任何人家里住，总是说让哥哥来，可哥哥工地上根本离不开人，就经常派嫂子四五十里路赶来给他做饭。

　　父亲吃饭还特别蹊跷，我们做完饭就赶我们走，从来不让我们陪着他吃，他每天还必须三顿吃新做的饭。时间长了，我们做儿女的还好办，嫂子和弟妹就厌烦了，经常不来，就打电话让我去。这不，轮到弟弟送饭了，说大雪阻路来不了，就让我再去伺候老爹。

　　我跋涉在大雪里，北风呼呼吹着，一不小心跌坐在雪窝里。我

草戒指

想起了夏天的一件事，眼泪就咕噜噜下来了。

夏天的衣服容易脏，老爹有洗衣机不让我们用，他说爱穿手洗的衣服，我做完饭就拾掇了几件衣服去洗，老爹嫌我不去河里洗，我说夏天的衣服就是去去汗味儿，一洗就好。

我看到老爹的拖鞋脏了，就说，您把拖鞋刷刷吧。我说着递给他鞋刷子，他就那么站着，将一只鞋甩在洗衣盆里，又一抬脚，另一只也飞进盆里。崩了我一身洗衣水。我生气了，爹呀，您说您闲着，难道连拖鞋都不能自己刷刷吗？

我要什么活都干了，还要你们这些孩子干嘛？

您这不是成心讹人吗？我也有孩子，我还要挣钱养他们，您说我起早贪黑的给您做饭，我容易吗？我说着说着哭了，老爹却笑了。

后来我把这事说给大哥听，大哥说老爹一定是得了老年痴呆了，得弄医院里检查检查去。

老爹不去，我们绑架似得把他塞进车里拉进了医院，检查后，医生迟疑地说，老人的大脑没问题，但听他的行为，似乎是老年痴呆的先兆，你们以后尽量好好照顾他吧。

大哥说，咱爹大脑没病，看来是母亲的死对他打击太大，以后咱们就悉心照顾吧。

说归说，哪家没有个大事小情的。有一次，哥哥就耽误了送饭，也没给我打电话，结果父亲就跑了五里路去镇上把我们告了，说我们不孝顺。镇里的人一调查，发现村子里没有比我们更孝顺的孩子了，就批评了老爹几句，他不但不恼，还嘿嘿笑。在他对他的邻居——我二大爷说的时候，那个得意劲儿就甭提了。

二大爷不是我们的亲二大爷，早年间是生产队长，养了好几个子女，就是没有一个管二大爷的事的。二大爷理解孩子们，说他们都忙，尽量能不倒添忙就不添。可我爹不这么认为，他说，咱们养他们的时候不也耽误工夫了？一辈子也没吃他们的，喝他们的，不就老了用用他们吗？要不然还养他们干嘛？

所以，为了怕他再告我们兄妹丢脸，无论天气怎样，我们都会一天三顿饭热乎乎地给老爹送到或者做好。

从雪窝里爬起来，擦干眼泪，深一脚浅一脚地跋涉到老爹家门前，却发现一行脚印向外延伸出去。这么冷的天不在家里呆着，他出去干嘛。

我索性顺着他的脚印追去，竟然拐进了二大爷家。二大爷昨天晚上在下大雪的时候死了，临死前他跟前一个孩子没有，只有我那老爹守着，打电话给他的孩子们，他们说等雪停了再回家。我的眼泪又下来了，我跋涉五里路都来到了老爹家，二大爷的几个孩子却还没来。

爹抹一把泪，端起桌子上的酒壶就走。妮，我去你家过年，再也不用你送饭了。

我哽咽着说，爹，你拿二大爷的酒壶做啥？咱们走也得等二大爷的孩子们来了再走啊。

这是我的酒壶！活着不孝顺，死了再孝顺又有啥用！他说完，头也不回地走了。我急忙跟了出去，不由得再回头看一眼二大爷，他身上穿着送老的衣服，神态很安详地躺着，仿佛睡着了一般。

说实话，我畏惧了老爹，如果他到了我家再甩脸子给我看还可以，如果给我爱人看的话，就怕住不长啊。

谁知老爹到了我家，一直为我做饭，用洗衣机洗衣，什么活都干。我就奇怪了，问他，他说，受人点滴恩惠，要用大江大河来报。如果挨饿那年没有你二大爷的半口袋地瓜干，你大哥早就饿死了。你娘去世对我打击很大，又看到你二大爷也百病缠身，我怕……

你对二大爷好，可以明着给他吃的东西呀，干嘛躲着我们？

我知道你们孝顺，但你二大爷有孩子呀。如果我明着给他，怕传出去，他的孩子们对你们有意见呀。

唉！我那老爹！

父亲的苦恼

　　无缘无故的，父亲的手机里多了 50 元话费，父亲的认真劲儿上来了，非要还给人家，可经过一系列周折后，父亲哀叹一声，这个时代的人怎么了？

　　手机响了，父亲按下他唯一会用的接听键，一个年轻人的声音传来，您好。

　　谁啊？

　　我在外地打工，想给老母亲存话费的，错存您手机里了，您能再给存回来吗？

　　父亲愣了，有这事？

　　我叫赵勇，老家是北赵庄，可怜俺娘孤苦伶仃的一个人把俺拉扯大，俺想和俺娘说说话。

　　唉，这样的孝顺儿子不多了。

　　俺庄和你庄隔着十几里，如果真有这事，放心，俺一定给你存过去。

　　父亲就去家南边的工厂找人给看，果然，短信显示，浙江宁波有人给充了 50 元话费。

　　这可怎么好？父亲佝偻着腰在厂房门前转圈，有人就说，好事呀，还有人给充话费。

　　我得给存回去。

　　有便宜不沾是傻瓜，干嘛还给存回去？

　　那可不行，人家可是孝顺娘的！他又央人给拨通刚接的电话号码。

喂！你放心，我一定把50元给你存回去。

那人一叠声地说谢谢。

父亲走到嫁在本村的大姐家，说明缘由，大姐翻着电话薄，爹呀，不就50元钱吗？至于再给存回去吗？人家知道你是谁呢？

父亲生气了，你还是我女儿吗？这么坏呢？

大姐一听，把手机扔给父亲，我坏？天上掉馅饼你不要，爱找谁帮忙帮忙去！

父亲赌气出来，想打电话给远方工作的儿子，可父亲只会接听，不知哪个号码是儿子的。他走到二里外的集市，满大街打听，您是北赵庄吗？您离北赵庄多远？

整个集市的人送来一大堆不解的眼神，他们怀疑，这个老头病得不轻。

父亲好不容易打听到，有个常年摆摊的人是南赵庄的，就去求他，我给你50元，你给赵勇捎去行吗？

那人为难地说，俗话说，捎钱捎少了，捎话捎多了，再说我和他不一个村。

父亲生气地一转身走了。他又来到电信局，工作人员翻翻父亲手机里的号码说，大爷，这么多号码，哪个是呢？

父亲看看一大堆号码，是啊，哪个是呢？

第二天，父亲顶着星星就出发了，他知道北赵庄在哪里，离这里十八里地，年轻当大队会计那阵儿去县里开会，曾经路过那儿。

父亲八十一岁了，他爬过一座山，又趟过一条河，途中歇了三歇，终于喘着粗气来到北赵庄，几十年没来这儿，以前的茅草屋不见了，街道上纵横着无数高楼，父亲手打凉棚看看高楼，不知从哪里找起。

草戒指

他东瞅瞅西看看，刚想问一个小媳妇，小媳妇老远躲开了，又想问一个男人，男人骑着车匆匆走了。父亲没法，走过每一条大街小巷，试图能找到一个可以打听的人，所到之处，人们都用警惕的眼神在看他。父亲从南头找到北头，又从西头找到东头，始终没有一个人愿意跟他搭讪。眼看快中午了，父亲正着急，忽然一个老头拦住父亲问，你鬼鬼祟祟的在看什么？

父亲就问，您村赵勇家住哪儿？

老头警惕地望望父亲，你找他干嘛？他出外打工去了。

您能告诉我，他住哪儿吗？

我已经告诉你，他打工不在家了，还问？

不，我不找他，找他娘。

找他娘？干嘛？

我给她送话费来了。

看你这么大年纪了，别整年轻人的花花肠子，赵勇他娘守寡多年，你可别往她头上扣屎盆子！

瞧您说什么呢？我只是给她送话费，他儿子……

别再说了，我是不会告诉你她住哪儿的，你该回哪儿回哪儿！

大街小巷的人不知什么时候涌出来，都在指点父亲。父亲就是有千张嘴也解释不清了，他转身往回走，回到家时，月儿已上树梢。

第二天，赵勇打来电话，大爷，你不用给我娘送话费了，50块钱我不要了。

不，我今天累了想歇歇，明天还上你村给你娘送话费去。

大爷，求您就别去了，我媳妇知道这事了，在电话里说我娘的坏话，要多难听有多难听，我这个做儿子的难当啊！您就别去了！

不行，我花你的钱，心不安啊！

大爷，您就别去了——

不行！我们那个时代，一分钱不到账都要彻查的，更何况是50——

俺的亲大爷哎，您还让我活吗？我干脆再给您存50元话费得了，求您千万别再给我添乱了！

父亲握着发出嘶嘶盲音的话筒，愣了，这个时代的人怎么了？

第五辑　青春絮语

人生最难忘的是青春，有心动，有爱恋，更有成长的痛苦与喜悦。当遇到心动的那个人时，我们是选择逃避呢？还是勇敢地去爱？有时候，事情的发展不以人的意志来转移，时过境迁，所有的所有都不重要了，唯留凄美哀婉在心头萦绕、盘桓，直至很多年后翻检出来时，心还是在刹那间悸动，并迅速沉进那逝去的韶华！

地　盘

翠花是聪明伶俐的村妇。在当今农村改革中，大家都住进了小区楼房，她的老公恋土成癖，舍不得那份即将逝去的土地，更舍不得那曾经的生活轨迹。

一大早起来，老李转完屋前转屋后，转完菜园转苞米地。他媳妇翠花就说，你魔怔了吧？大早上的不赶快吃完饭去上工，磨磨个啥？老李也不搭腔，背着手继续转。

第五辑　青春絮语

傍晚,在三十里外工厂干活的老李下班了,他又转完屋前转屋后,转完苞米地转菜园。他媳妇翠花就笑了,笑声是绝对能惊动四邻的那种,就有两个老娘们出来看热闹,老李瞪一眼翠花,抬脚从菜园出来,把摘的豆角塞给翠花,笑啥?

翠花笑弯了腰,捂着肚子说,你,你让我想起了赵忠祥主持的动物世界。

老李知道女人爱开玩笑,而且想象力丰富,指不定她嘴里能蹦出什么象牙让他尴尬呢,就打算溜回家里喝酒去。

翠花却伸着胳膊拦下,你难道就不好奇?

累了,你赶快炒菜喝酒去!

你就知道喝,你没听见村里大喇叭今天在吆喝,小区这就建成了,人家都签字搬迁了,就你梗梗着脖子犟,我看你还是签字吧,我也想住楼房了,再也不用种这劳累人的地了,多好!

懂个屁!老李甩开翠花的魔爪走回家去了。

第二天早起,老李又开始转悠了,他转完屋前转屋后,转完菜园又去转苞米地。翠花依旧跟在他身后笑得嘎嘎的。

你再笑,看我不打你!老李作势要去打翠花,翠花笑得更响了,她知道,结婚二十年,她没挨过男人一指头。俺笑你,笑你……

俺心情不好呢。老李抽一口烟蹴就在地头,佝偻着腰蹲下,神情很抑郁。

当家的,俺知道你舍不得这地呢,俺也舍不得。以后咱们村腾出的地方都建成了厂子,你就可以在自家门口打工了,就像城里人一样,不沾黄土咱们也照样能吃饭,多好。

离开了土地,可心里不踏实啊。

你这话俺就不爱听了,好像你指望地发财了似的。你看看咱们四邻,还不都是在外面打工挣来的钱养家?

道理是这个道理,可俺就转不过这个弯呢!

草戒指

那你就再多转几圈,直到你转明白了再签字!我可不陪你转了,回家做饭去了。翠花走远了,回头看看男人,依旧在苞米地跟前蹲着,草灰色的衣服,和身后如林的苞米融为了一体。想当初结婚的时候,弟兄们多,公爹分家没给一点儿东西,还分给了一屁股债,那几年,都是指望家里的几亩地出产的东西生活,现在已经被工厂占的差不多了,就剩这一亩地了,他舍不得也是情有可原呢。

翠花再回头看看已经有了白发的男人,眼里就蕴满了泪,怕邻居看见,忙折身返回小院里做早饭去了。炊烟就袅袅升起。老李曾说,用地锅做的饭,香呢。翠花想着以后再也用不着地锅做饭了,眼泪又掉下来了。

傍晚下了班,老李又在转悠了,这次翠花没跟着,她烧好了几个菜等老李回来喝酒。每晚喝二两小酒是老李雷打不动的习惯,劳累了一天,喝点儿酒串串血是应该的。

村主任笑嘻嘻地来了,嫂子,我哥呢?

在村后苞米地里转悠呢。翠花指指村后那片平地说。

嫂子,你和我一块儿去,你知道我大哥的脾气的。

翠花瞪一眼村主任,没出息,还是村主任呢!说归说,还是领着他去找老李了。

哥,你还是在这上面签上字吧,就等你了。村主任一边哥、哥,叫得热乎,一边掏出一张纸递给老李,老李看也不看,两眼只在苞米梢上逡巡。

我的亲哥哥哎,您倒是给个面子啊,总不能让全村就等你吧?

老李依旧不说话,继续在苞米地周围转圈,而且转圈的地盘明显增大,就连地邻的地也圈在里面了。村主任也跟在他屁股后面转圈。

哥呀,每次我让你签字,你就领着我上这里转圈,咱们推磨似的,再转就磨出苞米糊糊了。你看住楼房有补助金,还能在家门口打工,何乐而不为呢？你是不是有条件呀，如果你有什么条件尽管提，我们村委会研究了，就剩你这份了，无论什么代价，我们都会答应的。村主任好像割了自己的肉一样，咬咬牙说。

咱村就这一百多亩地了，你说咱们农民离开了土地还叫农民吗？

村主任像忽然想起什么似的一拍脑袋说，哥呀，这块地让咱村的那个叫发强的大学生承包了，说要在这里种绿色有机蔬菜和粮食呢！

真的？

骗你还成？

老李接过村主任手里的合同，就龙飞凤舞签了字。

村主任怕再生枝节，不敢逗留，拿着钉子户的签字，屁颠屁颠地走了。

唉！老李长叹一声，这不再是咱们的地了，以后谁能证明曾经是咱们的地呢？

我能证明！

你？

对！你每天就像动物世界里的动物一样在画自己的地盘，就差抬腿撒尿了。

你这个婆娘！老李被翠花的话逗笑了，翠花也笑了，眼泪顺着嘎嘎响的笑就溢出了眼眶。

当爱情遭遇信仰

当爱情和信仰遭遇时，你会想到什么？是将就爱情，还是屈就信仰？文中的男女主人公却演绎了另一类爱情，读来别有一番滋味上心头。

草戒指

一转眼毕业了，又一转眼工作了三年，小添都二十八岁了。

妈妈急了，就托人给小添保媒，女孩子叫晓琳，条件不错，长得浓眉大眼杨柳细腰的。现在的媒人很好当，互相给了他们电话号码，任由他们互相约去。

小添和晓琳一见钟情！

晓琳是市医院药店店长，工作很忙，小添工作清闲点儿，就经常去她店里帮忙。两个人由最初的一见钟情到现在的私定终身，仅仅用了一个月的时间。晓琳说，我不需要你什么聘礼，就希望结婚后，你能尊重我的信仰。

哦？什么信仰？小添来了兴趣。

这个，不能说。你明天和我一起回家，去见见我父母好吗？

好呀，也顺便把我父母拉上，咱们一家互相认识一下。

第二天，小添驱车去乡下接了父母，和晓琳一起去了她家。一进门，晓琳的父母就迎上来，热情寒暄。

她母亲特别能说，她说，要找一个也信神灵的人当女婿，她的女儿信神，她的女婿也应该信，对神灵一定要恭敬，早晨一炷香，晚上一炷香地供着，全家才能平安和睦。

小添的母亲是教师，她说，现在的社会，提倡信仰自由，孩子们信仰什么，我们管不着的吧？

晓琳母亲说，你们别以为我是胡说的，其实我也是高中生，以前谁也不如我犟，我是从来都不信神的，由于一场大病，我才信了神，是我供养的神救了我，给我开了天眼。这不，前庄上的那个小伙子得了绝症，医院里都不给治了，到我这里，我一求神，神就把他给救了，他现在什么病都没有了，不信你们打听去！

小添母亲说，你女儿信你女儿的，我儿子信我儿子的，互不干涉总可以吧？

不行！晓琳母亲态度强硬起来，你总不能希望两个孩子以后为

第五辑　青春絮语

了这事家庭不睦吧？

会面不欢而散，小添母亲说，儿子哎，你自个儿拿主意吧，我们管不了。但我总觉着有被人操控的感觉。

晓琳给小添打电话，你如果不答应和我一样的信仰，我母亲是不会同意这门亲事的，你答应呀！

小添刚想说什么，就听电话里传来她母亲的声音，你急什么急！你才二十九岁，我算过了，明年一定有一个和你一样信仰的人在等着你！

小添啪地挂断了电话，难道真心相爱比信仰还重要？

工作中，晓琳的身影总是在眼前晃，睡梦中，晓琳的柔情总是搅得他难以安眠。有好几次，摸起电话想打，但想想她母亲的强硬态度，就又扣死了电话。有好几次，走到药店门口想进去，但看看里面买药的病人很多，又不知见了面该怎么说，就又退了回去。

小添一直在等一个电话，她如果真心说一句，我不在乎什么信仰，只在乎你。该有多浪漫。

一转眼到了年关，小添的工作也忙起来，可是身体却出了问题，经常精神恍惚，浑身没有力气。他鼓足勇气去晓琳的药店买药，遍寻不见晓琳，就问随班护士，护士说，她已经调到别的药店了，具体是哪个药店不清楚。

小添落寞地一回到单位就病倒了，去医院查血查尿也没事，医生就说，你是忧虑成疾，给你开一些疏肝理气的药吃吃看吧。

过年了，小添的病还没好，他母亲看看病怏怏的儿子，就带他去了晓琳家，求她母亲给小添看看，是不是中了什么邪。

晓琳母亲撇撇嘴，呵呵，家里有病人，不得不信神，病好了才是证据。

她就施法，先烧了香，又磕了头，又龙飞凤舞地写了附子装在

草戒指

香囊里，给小添带上。吩咐，等七七四十九天才能拿下来，否则性命不保。

在她供奉的神像前一站，望着神情肃穆庄严的神像，小添的心情果然平静了很多，他深深吸了一口气，对，就是这个味儿。

他母亲吓坏了，什么味儿？

神香的味儿！

他和母亲刚要走，晓琳母亲期期艾艾地说，我想求你们个事，能不能去看看我女儿？

厢房里，晓琳依然笑颜如花，只不过她是在黑色相框里笑，她笑得很开心，笑得小添和他母亲发了慌。小添发疯般地扑过去，晓琳，你怎么了？到底怎么了？我不该离开你呀！

晓琳母亲淡淡地说，她去了她应该去的地方。

你！小添发疯般地扑来，指着晓琳母亲，你为什么不照顾好她？！

跟你们说实话吧，她是癌症患者，医院里已经对她放弃治疗了，可我不想放弃，我要用我的信仰救她！自从她信了神灵，身体一天比一天好，以后又遇到了你，她的心情更好了，我们都以为，你们爱得那么深，你一定会为了她，相信她的信仰的。谁知，我们错了……她离开了你，精神支柱轰然倒塌，就在前些日子去世了，她临走前一直念叨你的名字！

小添一把扯下刚带上的香囊，供奉在香案上，又把香案上未烧完的香拿出一支，闭上眼深深嗅了嗅，就是这个味儿，你身体的味道……两颗大大的泪珠，瞬间滑落。

第五辑　青春絮语

雷　池

青春中的男女，遇到了世界上最尴尬的事，竟然男女同住一间客房，真是天下奇闻！男女同处一室，会有什么精彩的故事发生呢？

小乔率先爬上床和衣而卧，瞅一眼忸怩的阿俊，扑哧笑了，咱们还是闺蜜呢，怎么，怕我吃了你？

小乔扔过一个枕头放在大床中间，注意，不要越雷池一步哟！一床夏凉被裹紧了小乔凹凸有致的身体，柔嫩的小手耷拉在中间的枕头上。

小乔睡着了，翘翘的睫毛一抖一抖地，嘴角露出笑意。她一定在做美梦了，他多想走进她的梦里啊！自从认识了小乔，他的生活就多姿多彩起来，两家好得就像一家人，他们一起旅游，一起钓鱼，孩子们一起上学。他们在公司里是名副其实的异性闺蜜。

有时候公司的人开玩笑说，你俩结婚多好。

小乔一瞪眼，哪有跟闺蜜结婚的？是吧阿俊？

阿俊拍拍小乔，就是，家里俩汉子，那样岂不乱了？

阿俊想到这里笑了，真没想到温柔躺在自己身边的女人，是个女汉子。他不由得摸摸小乔搭在枕头上的小手，柔滑无骨，他真想一路摸上去再摸下来……

身体不由得燥热，他决定去洗个凉水澡。

洗完澡，目光在小乔身上上下逡巡，眼睛里似乎长出了手，一路抚摸下去，紧闭的美眸，小巧的嘴儿，高高耸起的胸脯……看见小乔性感的睡姿，他的血液又沸腾起来，他真地伸出了右手……小

123

草戒指

乔打个哈欠，翻了个身又睡了。

他左手狠砸一下伸出去的右手，嘀咕一句，好闺蜜，不可欺！

小乔望着躺在身边微鼾的男人，浮想联翩，昔日里油嘴滑舌的阿俊，细看，还蛮英俊的，剑眉下，那双平时玩世不恭的眼睛，隐藏在闭紧的眼帘里，高挺的鼻梁下，一张薄嘴唇微微上翘，平时的调皮话就从这张嘴里蹦出。两只肱二头肌发达的胳膊搭在两边，均匀鼾声中，一块块胸肌在起伏。

小乔扑哧一笑，还真没想到，平时看似单薄的闺蜜，竟然还这么强健。男子汉特有的气味一阵阵飘来，小乔有些晕眩的感觉，她闭了眼睛嗅……

阿俊刚一迷糊，再一睁眼，就发现了脸上空的脸！他几乎叫出声来，他几乎不敢呼吸了，怕惊动了小乔。慢慢地，在小乔陶醉的嗅声中，他浑身燥热，一伸手就揽住了小乔！小乔猛然睁开眼，一巴掌抡来，干啥？要死吗？

阿俊尴尬地松开，是你在勾引我啊大姐，咱不带这么玩人的。

小乔脸红了，热，我去洗澡！

听着浴室里哗哗的水声，阿俊再也迷糊不着了，公司派他和小乔一起来开发这个城市的市场，下车的时候是半夜，也巧了，就这个旅馆还有一间客房，本来在候车室待一夜算了，小乔说有总比没有强才住进来的。

水流的哗哗声停止了，阿俊赶紧闭上眼睛，背对着小乔。小乔也背对着他躺下了。

阿俊几乎一夜没睡，小乔也辗转反侧到天明。

阿俊一起床就看见了小乔的俩大熊猫眼，阿俊笑了，感情你一晚上也没睡好啊。

阿俊，你听说过那个笑话吗？一公司男老板和女主管去外地，也遇到了咱们这种情况……

阿俊边穿衣服边说，记得还是你讲的段子呢，一夜无事，女主管起来一把扔了中间的枕头，男老板说，你干嘛扔啊？畜生！我没干瞎事啊，怎么还畜生？你不敢越雷池一步，比畜生还不……阿俊讲到这里，愣神了，莫非小乔的意思是？唉，白白错过了这次艳遇！阿俊的肠子都悔青了，早知道小乔对他有意思，还假清高干啥？

阿俊一直期盼着能再有这样独处一室的机会，由于工作忙，他主开发城南市场，小乔主城北市场开发，忙得连电话也没打几个。一个月后，回到公司的小乔照样和阿俊勾肩搭背，照样哥们姐们地乱叫，小乔有一次就问，那天你对小旅馆的老板眨什么眼睛？阿俊想了好半天才说，我那天不是装酷吗？新买的博士伦眼镜磨得慌，就眨了眼。小乔笑得花枝乱颤的，阿俊你知道吗？那天早起，我看见那旅馆里就没几个住宿的人，都是空房间！

阿俊也笑了，多亏他没有越过雷池一步，即使比畜生还不如，但他至少现在在小乔面前还是个堂堂正正的人。

半米距离

当一个男人和一个女人的距离正好是半米时，你猜他们会做什么？是牵手？还是即将的相拥？哎！即将发生什么事，谁又能说得清呢？

从心底里，我迷恋上了那条雨巷，那里不光有戴望舒的那位像丁香一样的姑娘，还有我的一位文友就住在那个有雨巷的城市。他说他盼望着有个温婉如丁香一样的姑娘在这个雨巷里出现，他说他已经找到了这样的姑娘，她始终没有答应他的邀约，所以他就在等，哪怕等到地老天荒！

草戒指

看着他空间更新的说说,我忽然流泪了,我不是丁香,我是普普通通一介小女子,生活在这个尘世纷繁的世界里,和众多女子一样,嫁人生子,而且到了不惑时光。

照片上,他伟岸挺拔,言谈里,有问必答、幽默风趣,在各个论坛里,点评到位,宽厚待人。曾记得,有个女文友对他暗暗倾慕,让我传话,他哀叹一声,看过余秀华的诗吗?我在这边打个呵呵,你是说那句穿越半个中国去那啥?

是啊,如果仅仅是因为解决生理问题的话,还用穿越半个中国吗?如果能穿越半个中国去那啥的话,也算痴情的了,男女之情岂是一个"睡"字能概括得了的。

听着他的见解,不无道理。可他又为何明里暗里在邀约我去南方那个雨巷呢?我知道他和他老婆的故事,他们一见面就掐,掐得心口滴血。

他所经历的感情我感同身受,这也许就是我们这个年代的人特有的坚持吧。

他在空间又更新了说说,老天!你打算穿越半个中国来吗?我的机会终于来了!

其时,我一篇小说获奖,正要到他所在的那座城市去领奖。他说,我为你准备了雨伞、旗袍,还有朗诵。我们打着花雨伞,朗诵着戴望舒的诗歌,哈哈,多富有诗意呀!

看着他因为兴奋打来的一串串如他呼吸般跳跃的文字,那种期待在我内心膨胀。临出行那天晚上,我对老公说,我明天就要走了。老公哦了一声就呼呼睡去。

早晨,我提起行李箱要走,老公搭我肩上一条火红色围脖,说,江南下雨时冷。我也轻轻哦了一声就走。

他来接站了,比照片里还英武,我们就像熟悉得不能再熟悉的老朋友一样轻轻握握手,他打一响指,招来一辆出租车。不是大赛

第五辑 青春絮语

组织人员接站的吗？他呵呵一笑，我就是大赛组委会成员，专门来接你的啊。等会儿我带你去看那条雨巷！

我们入住的那个酒店是专门为这次大赛预订的，获奖作者和文学爱好者纷至沓来。当我们登上电梯的时候才发现，里面挤满了人。他努力撑开臂膀扶住墙壁，撑开一个狭窄的空间让我容身。闻着男人特有的荷尔蒙味儿，看着他闪烁的大眼睛，我有了眩晕的感觉，我深呼吸，再呼吸。仅仅是十楼的光景，似乎很漫长。

颁奖大会在紧张有序地进行，他忙得上窜下跳，甚至连电话都来不及给我打一个，更别说去那条盼望已久的雨巷了。

终于，颁奖大会落下帷幕，老天却下起了小雨，他和我分别打着伞在雨里散步，他说，你看，人不留人天留人，你再在这里多玩几天吧，我还没尽地主之谊呢。

我看看手机，只看到老公发来的寥寥四字，玩得快乐。我想，老公脱离我的监督，现在也正玩得快乐吧？我说好吧，再住两天，就两天。

他说，你看你身材多好，穿着我买的旗袍就是好看。我说，还是你眼光独到啊，碎色素花，丝质材质，高贵典雅，再配上这春雨，多富有诗意呀！

我说，你说你要朗诵雨巷给我听的，开始吧。

他与我保持着一小步的距离，长长的雨巷里，就响起了浑厚的男中音，撑着油纸伞独自彷徨在悠长悠长又寂寥的雨巷我希望逢着一个丁香一样的结着愁怨的姑娘……

一股愁怨在心底升起，我知道，我该走了。我说我明天就回去。他的声音顿时顿住。

晚上，酒店里冷冷清清，他说去下面散散步吧。

我们默默走着，我先开口，我明天要走了。他说知道了。

累了，我们坐在路边的长椅上，保持着半米的距离。他哀叹一声，相聚是美好的，什么都还没来得及。

127

草戒指

我说，我们至少还可以在 QQ 里谈天说地。

你靠过来一点儿可以吗？

可以呀。

让我拥抱一下你好吗？

可以呀。

我们还能再见面吗？

我沉默了，我们如雕塑般坐了很久很久。

起风了，我系紧火红色围脖，走吧。

浑厚声音又在身后响起，我希望逢着一个丁香一样的结着愁怨的姑娘……

此时，我们只有半米的距离。

春天里

春天里，百花盛开，欣欣向荣，孩子们也在加紧学习，可就有这么一个调皮的男孩儿逃学了。当他遇到美丽的女老师后，会发生什么呢？我们拭目以待！

小雷又失踪了，爷爷撒下人马找也没找到，最后，他自己回来了，一身的黄土，头上沾满了草叶子，手里捧着几支野地里的黄花。爷爷又气又恨，你这个不争气的败家玩意儿啊，不去上学，跑哪里野去了？我，我打死你这个熊孩子！爷爷说着，踅摸来一根秫秸，冲小雷抽去，秫秸是去年的，已经朽烂，抽在身上麻酥酥地痒。这已经不是小雷第一次逃学了。爷爷哀叹一声，咕哝，造孽哟，没父母教养的孩子就是不听话！

128

第五辑　青春絮语

爷爷，这花给你！小雷仰着小脸儿把怀里的花递给爷爷，爷爷生气地扔到地上，你不去上学，跑野地里疯啥？

小雷捡起野花说，明天就是清明了，我妈爱花，我买不起，就上山采了供在坟门口了，这几支是专门给爷爷采的。

爷爷一听，老泪纵横，我可怜的孙子呀，你不要再逃学了，如果你爸妈知道你不去上学，他们会很伤心的。

爷爷，我不想去上了，我想打工，咱们家里没钱。

你才十三岁，打工谁敢要？我就是拼了老骨头也不能让你再走你爸妈打工的老路。忘记你爸妈是怎么死的了吗？如果他们不出去打工、不坐黑车的话，也就不会翻车摔悬崖下面去了。

小雷尽管想出去，可年龄太小，凭自己的力量，根本走不出这座大山，他就又去上学了。走在暖融融的春天里，小溪淙淙流淌，野花开了一路，小雷没觉得春天和冬天有什么区别，唯一能区别季节的，是身上衣服的厚薄而已。

教室里，新来了个女老师，长得眉眼柔顺，她在宣布希望工程扶助贫困学生的事，说让大家自己报下家里的困难，小雷咬着钢笔不说话，老师走过去，摸摸小雷乱蓬蓬的头，你父母不在了，怎么不说话啊？

小雷依旧不说话，只怯怯地看着这个新来的老师，老师说，等中午放了学，我领你去理理发，不见不散！

女老师的手很柔软，很温暖，小雷有一丝的恍惚，他已经很久没有这样暖暖的感觉了，好像自从妈妈逝去后就没感觉到过。

中午，女老师领着小雷去理了发，还给他买了一身新衣服和一个好看的大书包，女老师说，眼看再有几个月你就上初中了，这是我送给你的升学礼物。

一向倔强的小雷紧紧抱住书包，老师怎么知道他喜欢这个书包很久很久了？下午回来，小雷沿着河边走，他意外发现，河里的鱼

草戒指

腥草很飘逸地伏在水面上，很舒服地享受着春日的阳光。浮萍那么小，居然会开花！小小的，白色的小花开满整个水面，热烈而不张扬。

小雷一到家，好心情又低落到了冰点，爷爷弯着腰在咳嗽，爷爷病了，没钱进医院。村子里的人都入了医保，他们家没入。大队里给爷爷入了低保，可每个月那一百块钱的低保钱，还不够他们的日常开销。

小雷默默收拾锅灶，烧些糊糊给爷爷喝。

小雷又逃学了，他去一个板材厂扒树皮去了，尽管很累，每天能扒五六十根，每天就能挣三十元呢，他在想，挣了钱先把爷爷的病看好，再攒钱给爷爷盖座大房子，他们的破瓦屋上不去修缮，下雨时，屋里张的盆盆罐罐乱响。

爷爷又撒下人马找他，当找到小雷的时候，爷爷一巴掌扇过去，小雷没哭，他从破衣服口袋里掏出刚领的工资递给爷爷，爷爷没接，却搂过小雷哭了。

小雷几次三番逃学，他从来不和别人沟通，在学校里也是这样，因此，他是个不受欢迎，很另类的孩子。

女老师给他申报的希望工程扶贫款下来了，女老师对小雷说，只要你好好上，即使以后没有希望工程支撑你读书，我也会供你念完大学的。

满山遍野开满了花，有高贵的野牡丹和野芍药，也有很普通的步步高和野杜鹃，小雷采集了很多野花，编了个很美丽的花冠送给女老师，女老师笑了，笑得泪眼婆娑。小雷也笑了，他说，老师，我也给我妈编了一个呢，您能陪我一起给妈妈送去吗？

坟地里，野花开遍了坟头和周围的原野，女老师紧紧拉住小雷，孩子，你记住，咱们国家，是个温暖的大家庭，只要你好好上学，国家是不会不管的。

小雷依偎在女老师身旁，又闻到了妈妈的味道。

第五辑　青春絮语

今年，小雷顺利升入高中，小雷借了同学的手机向老师报喜，女老师打电话来说，尽管已经调到了别的乡镇，但小雷上学的时候她一定会来送行的。

也许小雷并不知道，由于那年申报希望工程的学生太多，他的扶助资金是女老师资助的。

也许老师也不知道，那一年，小雷冰封的心，就在老师的关心下，瞬间春暖花开。

那一树月季正开放

这是一个网恋故事，抑或说是网络红颜蓝颜的故事，其中牵涉到的现实，却令人心碎成殇！

一个偶然机会，认识了媚儿，我们不是亲戚，更不是闺蜜，就因为喜爱写作，又有一个共同的话题，我们就在网络里成了知己。

月季？你也喜欢月季？

喜欢，粉红的、绛紫的、浅黄的、粉白的……

我知道她喜欢月季，就把我的头像改成了月季，这朵月季，和那年那朵一模一样。她发现了大笑，你一个大男人家，头像设置成月季，家人会怎么看？全国人民会怎么看？世界人民会怎么看？

我也笑，笑得苦涩。

媚儿说，她的那个他，送的第一束花就是火红的月季，当时正是月季盛放的季节，随便走到哪里都是一采一大把的普通花，可她就是喜欢，毫无来由地喜欢。

我说，你那是爱屋及乌啊。

草戒指

她沉默了，他走了，义无反顾地永远走了，把她也像惨败月季一样抛弃，没有了他的日子，她就像凋零的月季一样，零落成泥。

我又何尝不是呢？

她话锋一转，哈哈，好在现在认识了你，大哥哥，有缘呐！

我也是！

媚儿是都市女孩，开朗活泼，我虽然在报纸刊物上发表过豆腐块，但我真实的身份却是农民，更何况……

媚儿知道我住农村不方便购书，就给我邮来一箱书，每本书里夹了一朵盛放的月季，那粉红、浅白、绛紫，把我的梦也漂染得五彩缤纷了。

她说，月季花该盛开就盛开，轰轰烈烈，是他们城市的市花，人们可喜欢它了。

门外，就是我小时候栽的月季，纷纷攘攘开满小院，我伸手摘下一支，夹进媚儿给我的散文书里，一朵浅白，一朵绛紫，相携成趣。

淡淡花香沁入脾肺，我就想起了远方的媚儿，媚儿说，大哥哥，你能来我这儿吗？我用月季宴接待你。

我无法回答。

媚儿说，我们区正在举办"月季花开"征文，你可以参加的哦！

月季花开？我的神思飞向了大片月季盛放的那座城，媚儿笑着，跳着，张开双臂来迎接我。脸儿也变幻成一朵怒放的月季，灿烂嫣然。

媚儿说，以你的才华，区区一征文难不住你吧？到时候获奖了，咱们聚聚，不醉不归！

媚儿不知道，我是不能行走的，早在五年前我就失去了行走能力！唯有写作和媚儿，才支撑我走出阴影。媚儿只看到我快乐向上的笑脸，她哪里能明白阅尽沧桑后的凄凉？

我的征文就像月季花瓣飘向远方，飘向那个月季女孩。女孩说，

第五辑　青春絮语

你获奖了！是一等奖！来我们这儿吧，咱们聚聚！

她的兴奋感染着我，我笑了，我想见到这个叫媚儿的女孩，像芬芳月季一样的女孩。可是我走不出大山，走不出院落，就连下床也需要人扶持。媚儿不知道，也不需要她知道，我在她心里高、大、全的形象，我是不会亲自毁坏的。我说，我忙，正忙着秋收。

外面大片的庄稼成熟了，我却看不到。

媚儿说，你忙你的，奖金我给你领。

又一季月季盛开了，盛满了小小院落，弟弟把我推到大门外晒太阳，有几只火红的月季伸出墙头，在蓝天白云间盛开，火红火红的，像我给女友眉儿的那支，记得五年前，我们俩在城市打工，晚上出来漫步，她说，那朵月季好美啊，你摘给我。一辆酒驾车悄无声息驶来，她猛地推开我，她走了，我没了双腿，我手里那朵火红的月季还没来得及给她……

眼睛迷蒙，似乎看到眉儿走来了，轻盈的步伐，窈窕的身姿，手里一束姹紫嫣红的月季花。我出现幻觉了？擦擦眼角的泪水，却发现，一个酷似眉儿的姑娘走来，越走越近，已经闻到了月季花特有的芬芳。

你是媚儿？我不敢肯定，她会千里迢迢来找我，以前在网络里曾开玩笑说，见面以月季花为号。

你是大山哥？她望望我的残腿，哭了。

你经常说我是岿然不动的大山，这座山在我们见面的这一刻轰然倒塌了。

不！你坚强勇敢，勇于直面生活，你永远是我心里那座大山！

她递过奖金，这就是证明！你能行的！

她推我进了小院，惊喜地手舞足蹈，没想到，你这么爱月季，以为你只是说说。

下午，媚儿走了，她说是出差顺路过来看看，我知道，她是特

草戒指

意来的，她只是不想让我背负太多负担。

我还会再回来的！她挥挥手里的月季花。

我说，我们只在网络里见面好了。

你就像月季花梗上的刺，刺得我心生疼！

我说，你就像火红的月季，亮在我心深处。

由我来照顾你好吗？就像照顾我哥哥？

我说，离开这片泥土，就像月季离开了土壤，我会难受。各人有各人的世界，咱们的友谊只限网络。

她沉默了，我也无语。

她已经在我心里疯长，长成了一棵夏日里的月季，盛放一季，花开一树。

恩　师

人生就是这般奇妙，在绝境中总能遇到贵人，在看似平淡无奇中，却充满逆转的欢乐。在看完本篇笑过后，你会想到什么呢？

刚刚离婚又下岗的她，因为爱好业余写作，就想在文学路上闯出一片天来。

理想永远是美好的，现实却难以企及，要想在文学路上闯出一条路来，谈何容易。在群聊中，有一个文友介绍她学习网络编著，她就这样认识了王总编，他很热情，教得也很细心，他说，你和我妹妹一样大，可惜……

她想，他的妹妹事业有成，可惜我和她一般大了吧？

凭着她的勤奋钻研，居然学得有模有样。当第一本书交稿的时候，她得到了两千元预付金，她索性辞了刚找的做保洁的活儿，专心在家编辑书籍。

有一次，由于对电脑知识懂得太少，摸索中错按了一个键，写好的几万字瞬间化为乌有，但删除了就是删除了，怎么找也找不到了，一如她那不顺的婚姻。

儿子没在家，索性痛痛快快哭了一场，放弃吗？可工作刚辞了。不放弃？再写几万字得多少天啊！万事开头难，索性打起精神再写。

她猛然想起，早晨曾经发了一章给主编审阅的，忙发信息给主编，主编回复，怎么这么不小心，记得以后要有个良好的工作习惯哦！一个女人，挣一分钱不容易的。

主编很快给她离线传过来一章书稿，还好，只损失了这半天写的。

如果你儿子上学钱不够用，可以预支哦。还有，如果遇到不懂的，不要自己摸索，太费时间，你只要问，我就会给你解答的。

看着主编温暖的话语，她的眼睛又湿润了。

儿子放学回来了，恹恹地还伴有咳嗽，她伸手一摸，额头滚烫，她忙找出感冒药给儿子吃上。

躺在被窝里，回想起主编的话，心里居然有了甜丝丝的感觉，怀揣着这份甜蜜，失眠半年的她，居然很快进入了梦乡。

睡梦中，忽然听见隔壁有动静，她猛地惊醒，原来儿子在说胡话。赶紧把儿子送往医院，值夜班的医生直埋怨，你这个妈妈怎么当的？你儿子都烧成这样了！住院检查！

一系列检查下来，原来儿子得了急性肺炎，需要住院观察治疗，要交五千元住院押金。她卡里钱不够，想问父母借点儿，可自己几乎没孝顺过父母，又哪里张得开嘴问父母借啊，有心问唯一的弟弟借，可一想到弟媳那张大长脸，还是生生把按手机键的手挪开。

情急中，她想到了主编，可从没给主编打过电话，心里惴惴的感觉。护士在那边喊，大姐快来交押金！

草戒指

不管了，先打电话试试，主编会给预支稿费吗？她心里没底。

一个富有磁性的男音响起，孩子的病要紧，这就给打！

她顷刻泪奔，今生遇到贵人了。

好不容易儿子出院了，她才得以安下心来编著书籍。主编在电脑那端发来一个微笑表情，你儿子好了吗？如果好了，为了你的速度更快，挣到更多的钱，你可以来我这里学习的。

所有编辑都去吗？

不，就你一个人，他们都是资深编辑，不用学习的。

她犹豫了，主编是什么意思？她摸不透，虽然自己没财没色，但防人之心不可无，索性一口回绝了，说儿子上学离不开。

主编发来一个失望表情，你对电脑知识懂得太少，不然你能做个更优秀的编辑的。

他是在试探？她无法回答。

你知道吗？我无意中发现了你的照片，很美。

她的心漏跳了半拍。

你的忧郁性格和容貌，太像我妹妹了，我们可以见一面吗？

他在向她邀约？她只觉得浑身燥热，索性站起来满屋子转圈。

以你的实力，想要得到更高的报酬是不可能的，除非来培训几天。

难道要以身相投？她踌躇起来。

我真得很想帮你，希望你能过得幸福！

去？还是不去？心里竟然荡起涟漪。

来吧，不用你花一分钱，食宿车费我出。

按下心里千千结，她唯有弱弱答应一句，好。

手机忽然响起，她捂住砰砰跳的心，接了主编打来的电话。

我妹妹离婚了，她儿子出车祸死了，最后她也跳了楼……我希望你能幸福！

听到电话里传来的女声，她愣住了，你原来是女的？

哈哈，对不起哦，那天我在洗澡，是我老公接的电话。主编爽朗地笑了，为了公司的利益，也为了你自己，你能来学习吗？我尽力教你！

她不由得为自己的多情涨红了脸，磕巴连声，恩师，我去，我去！

给我一个拥抱

现实生活中，据我的观察来判断，大多两口子打架不是因为大事，也许是因为鸡毛蒜皮，也许只因为一句话。发生这样的无聊打架的真正原因是什么呢？我相信您读完这篇，一定会有所启迪的。

待我长发及腰，少年娶我可好？我碎碎念。老公抬头看看我，低头继续忙活着手里的零件。

待你青丝绾正，铺十里红妆可愿？我又念。

老公惊讶地看看我，又低下头做事。

你倒是说句话啊，这诗怎么样？

老公抬头看看我，你还有腰吗？

你——

再说咱们都结婚二十年了，还能再娶吗？

真没情趣！对了老公，我刚才在街上走，看见电视台在大街上征集节目，叫没有人只爱过一个人，你说世界上的人就是奇怪，难道从没有人只爱过一个人？

老公抬起头，诧异地看着我，你脑袋里每天都装了些什么。我要开机器加工零件了，一边去。

晚上，电视里正播着没有人只爱过一个人访谈，男主播磁性声

草戒指

音响起,那双大眼睛特迷人,他可是我的偶像。老公在洗澡,他的手机忽然闪动,我顺手翻看,待我长发及腰,少年娶我可好?

看发短信的号码,好像不是他的狐朋狗友发来的,又向下翻看,另一条短信更暧昧,亲,你猜猜我是谁?

我管你是谁?删!不行!老公难道有了婚外恋?对,留着短信当证据!我偷偷记下了那个电话号码。

趁老公还没洗完,我又翻看草稿箱,一条草稿引起我的注意,那口气绝对不是我所了解的老公写的,待你长发及腰,少年我娶你可好?待我青丝绾正,铺十里红妆你可愿?

我河东狮吼,刚子你给我出来!

老公边擦着头发边说,神经病啊,大半夜的也不怕吓着邻居!

我把手机里陌生人的短信翻给他看,他如果说是朋友恶作剧,我会不计较,他要敢说不知道,我跟他没完!

不知是谁,恶作剧吧,这几天网上正流传的诗句。

你确定你不知道?

我真不知道!

骗鬼去吧,怎么没人给我发?那你写的这条短信呢?是给她回的吧。我故意把她字咬重。

你不说我还忘了,我这个还真是打算给你发的。

哼!骗鬼去吧!我扔了他的手机,摔门而去。他在后面喊,大半夜的,你要去哪儿?

我远远地答,找小三!

我在娘家呆了一整天他连个电话都没来,他难道忘了相濡以沫的日子?难道忘记了我们当初创业的艰辛?好日子才刚刚开始,我可不能因为小三把家业和老公拱手相让。

我翻开存的那个号码拨过去,那边传来娇滴滴的女音,喂,谁呀?

你是谁?

第五辑 青春絮语

呵呵，你给我打电话难道不知道我是谁？

你先说你是谁，我再说我是谁。

神经病！那边扣死了电话。

我又拨过去，你为什么给我老公发暧昧短信？

你老公？我是发着玩的，别介意哈！你是哪位同学？换手机号啦？

你到底是谁？

我是阿倩啊。

阿倩？老公的初恋女友！

请你自重，刚子现在是我老公，你们只不过是曾经的恋人——过去式！

呵呵，自重？倒是你要自重为是。如果你出让你老公的话，我也不介意哈！

这次是我扣死了电话，回家找老公算账去！

我一抬手停了电源，认识阿倩吗？

老公愣住了，认识。

承认认识就好，短信是她发的，你说怎么办吧？

什么怎么办，我要加工零件了，一边去！

你草稿箱里的短信也是发给她的吧？

你闲的吧？一边去！

好！你看我不顺眼，离婚！

晚上睡不着上QQ，忽然也想去看看老公的空间里有什么变化，可是我们不是网友，当时上网时说好互不干涉的。儿子是我们的共同网友，索性从那里进去。

老公的空间好漂亮啊，各种花卉图片灿烂，QQ签名也很个性，我是你的过去现在和未来，你是我今生的唯一。

不对啊，我记得有一次偷偷进他空间签名是这样的，因为在意，

草戒指

所以珍惜。

他心里一定有鬼！

那一晚，我想了很多事情，如果离婚了怎么办？我可爱的儿子跟着谁呢？如果跟了他，我会想死的，如果跟着我，他可没有爸爸疼了。不会喝酒的我，喝醉了。

第二天在街上闲逛，又看见电视台在大街上征集节目线索，为了维护我的婚姻，索性报了名。

化妆师要我带上红太狼面具，我不肯，坚持以本色登台。

带着灰太狼面具的老公坐在嘉宾座上，真滑稽。

你来了？

我不语。

儿子上学不在家，他每天除了干活就是干活……他从来就不了解我……最近还有了外遇……

节目是在我的控诉中进行的，老公听着，不断擦着额头上的汗。

男主持不时插进几句安慰的话，听着他磁性的声音，一腔怨忿慢慢平息。

刚先生，你爱人是需要你的关心呀。在生活里，适当说几句甜蜜话语或拥抱一下，就是遇到再大的矛盾也能化解。电视机前的朋友们不妨试试。云女士，在做节目之前我们曾接触过阿倩，她说多年不联系，想给朋友们开个玩笑，她就群发了这条短信。她不愿来，我把她的录音带来了。

我首先向云道歉，没想到我的一条短信会让你们的婚姻陷入危机，对不起！至于刚子的电话号码，我是在同学会上获悉的。你的老公谁也抢不走，但是……你要珍惜哦。

还有他草稿箱里的短信是咋回事？

傻瓜，我想等重新编辑好了再发给你，知道你喜欢这首诗。

老公突然站起来，摘掉灰太狼面具，紧紧拥住我，我现在只想拥抱你！

我羞红了脸，大庭广众的，干嘛呀？

等等，你的QQ签名是怎么回事？

知道你偷偷上我空间，特意写给你的。只是没料到你生气竟然让我们上了电视！

男主播向我们走来，望着他深邃的眼神，我呆了，他可是我的偶像啊！

老公看看我又看看他，拉起我就走，身后传来男主播的磁性声音，哎哎！节目还没结束呢！

那个叫阿蛮的哥们

现实生活中，谁没有几个好哥们姐们呢？因了有了他们，生活才变得多姿多彩。我的哥们阿蛮不是一代枭雄，更不是美男子，在我心里的地位，却没有人能够替代，就算老公也不行！

那像风一样的年纪，阿蛮拉着我的小手在田野里跑，野花肆意开放，花儿变成花冠戴在我小小的脑袋上，他拉着我的手一本正经地说，长大了，你做我媳妇！

我也扬起小脸儿说，好！

我和阿蛮上学了，一起走在宽阔的大街上，常常引来一片议论，瞧瞧，那个女孩子那么干净漂亮，那个男孩子那么丑那么脏。

我不觉得阿蛮丑，除了他常常吸溜进去的两条黄鼻涕不好看外，他在我眼里是完美的。

有一次，一个男孩子揪着我的小辫子逗我，阿蛮瞪着两只老鼠眼，

草戒指

板起瘦猴脸，一脚踢翻他，听着，小云是我好哥们，你别欺负她！

我崇拜地看着他，好男人气概哦！

上初中了，他和我分在一个班，记得一次考试，我的笔不能用了，他果断地把他的钢笔借给我，而他用铅笔答题，结果被老师臭骂一顿。

在初中里，我再也不能叫他的乳名阿蛮了，这才注意到，他老爸真有才，原来我一直称呼为哥们的人竟然叫曹操！

曹操最大的本事就是崇拜罗贯中笔下的曹操，他常常挂在口头的话就是，"王侯将相宁有种乎！""人不为己天诛地灭"，"宁叫我负天下人，不叫天下人负我。"

初中没上完，曹操的父亲死了，母亲不让他上学了，他就学了木工活，当了一名木匠。那时的木匠在农村里很吃香，是吃百家饭的人，还拿工钱。有时候在大街上遇到，他会笑笑，我也会绕着他走，毕竟我们都大了，再也不能称兄道弟了。

我上了高中，听说他定亲了，是邻村的一个姑娘，没上过学。有一次我回家，正遇到他们手拉着手在大街上闲逛，我忙躲到一边，那个姑娘真丑，和曹操一点都不配。

我上大学那年，他结婚了，听说是奉子成婚。我坐在冷寂的教室里，英语单词就像顽皮的孩子在我眼前跳舞，怎么也进不了我的脑子。

放寒假了，我不愿意回家，就去饭店打工，挣个零花销。快到过年的时候，忽然收到一个包裹，里面是一件大红色的羽绒服，捧着我深爱的红色陷入沉思，会是谁送的呢？老板在一旁笑，你哥哥送来的，他就在前面那个工地打工。

我哥哥？爹妈就生了我一个人，哪来的哥哥啊？莫非是……

我跑向工地，真是我的哥们曹操！他就站在寒风里搬运着木料，瘦瘦高高的身上穿得单薄！

我蹲到他跟前，你为什么给我买袄？

第五辑　青春絮语

　　他猛回头看见是我，惊喜，你怎么知道我在这里？我不让老板告诉你的，怕影响到你。你一个女孩子家要穿得暖和才好。

　　我哭了，倚着我的哥们曹操的肩膀，在这个孤独的城市里哭了。

　　他领我去喝了我最喜欢的羊肉汤，又给我买了冰糖葫芦，我把冰糖葫芦的酸咽下，唇齿舌尖却留下了甘甜。

　　那一年他没回家过年，他说年节工资多，我也没回家，因为他。

　　我们就像儿时一样，常常手牵着手逛大街，常常一起去大排档吃拉面。大冷的天，吃着热乎乎的拉面，看着他瘦削的脸上热汗直流我就想笑，他还是和小时候一样，一吃蒜就出臭汗。他往往尴尬地说，农村人不吃蒜就像没吃饭。

　　有一次偶然遇到他的工友，他一拍我肩膀介绍，嘿！这是我哥们！

　　工友疑惑地看看丑陋的他，又看看貌美如花的我，笑了，你这个哥们真特别。

　　我很尴尬，我真的是他哥们么？

　　一转眼又开学了，我带着愉快的心情投进学习中。后来听说，曹操当了包工头，很称钱，就是为人刻薄了点，经常克扣工人工资，偶尔回乡，常听见乡人唾骂他。

　　再以后，我恋爱了，恋人是我的大学同学，寒冷的冬天里，在这个孤寂的城市，他把我拥入怀，我们互相取暖。直到这时我才懂得哥们就是哥们，他能无时无刻地关怀你却不能给你所有，爱人就是爱人，那是摸得见的温暖。

　　我结婚那天，曹操喝得大醉，他一把扯住爱人说，我郑重把小云交给你，你要真心对她哦！否则——

　　他攥紧了拳头。

　　我爱人早就知道我和他的故事，他笑笑掰开他的手，小云是我爱人，我不对她好对谁好？

143

草戒指

婚后的生活平淡地没有波澜。

就在我逐渐要忘记我那哥们的时候,在另一个城市里,他却走了,从架子上掉下来永远地走了。

就在他掉下去的那一瞬,把一个工友推开……

曹操,我的哥们,你永远成不了历史中的曹操。但你永远是我的好哥们,哥们,一路走好!

一碗鸡蛋荷包面

有时候习惯这鬼东西就是害人,害得吴友福没有福气再享受到本该属于他的幸福。有时候习惯这家伙又是好人,给家增添了温暖和幸福。

吴友福开着皮卡提货回来,楼上楼下黑咕隆咚的,掏出钥匙借着街灯余光开了门,打开手机,借着手机灯光悄悄摸到厨房,厨房里冷锅冷灶的,他向窗外望去,对门的饭馆早就打烊了。

不吃了。他"蹬蹬蹬"爬上了楼梯,卧室的门从里面锁上了,他刚想张嘴喊又顿住,婉儿睡了,不吵她了,自己就在客厅里将就一宿吧,谁让他娶了个貌美如花的娇妻呢。这个娇妻呀,他是又爱又气,爱撒娇的她,一撒起娇来,他即使有再烦恼的事也抛到九霄云外了,气的是,她不爱做饭,手指甲那么长,都赶上太后老佛爷的金指了。

吴友福高大的身子窝在沙发上很不得劲,起身摸摸饥肠辘辘的肚子,唉!他想起了另一个女人,那个叫芬的女人会亮着灯等着他回来,然后做上一碗荷包蛋面条,热气腾腾地端上桌,他就在氤氲

第五辑　青春絮语

的热气里吸溜着吃，满头热气就在头顶上冒出来。

她现在过得还好吗？女儿还好吗？他忽然思念起荷包蛋面条了。

他站起身，轻轻开了门，开着皮卡就奔了乡下的小路，路边的人家都睡了，暗沉沉的夜吞没了狭窄的乡间小道。他的思绪也飘向十年前，他看到了那时的自己正跋涉在这条泥泞的小道上。

他凭借着电焊手艺，在镇上租屋搞电焊，最近几年工厂就像雨后春笋般冒出来，他的电焊手艺好，生意也就芝麻开花节节高。妻子芬善良贤惠，女儿也聪明可爱，一家人和和美美。每次他去市里提货回来，无论多晚，芬都会亮着灯等着他，都会端上一碗热腾腾的荷包蛋面条。

他吸溜下鼻子，似乎那热乎乎的面条就在眼前。

唉！如果不是婉儿的出现，他的日子也许就会这样温馨地过下去。俗话说，男人有钱就变坏，一点不假，他自从在镇驻地盖了属于自己的小洋楼后，心就迷失了，只要去提货就去市里胡逛，在洗脚城里，他认识了现在的妻子婉儿，风姿绰约媚态迷人的美人儿跪在他面前给他修脚，低开的领子里，露出雪白的肌肤，乳沟清晰，就连那两只小鹿也略窥一二。他——沦陷了。

前妻芬很大度，心既然不在了，死缠烂打也没用，倒不如瞎子放驴随他去了。芬只有一个条件，离婚不离门，乡下的大平房是她和女儿的。

皮卡阔大的轮胎压在石子路上，发出沙沙声，到了。皮卡开不进狭窄的小巷，他索性步行。

远远望见，他的家——确切地说，是她的家，灯光还亮着，他的心里一阵温暖，她一定又煮了荷包蛋面条在等他，他加快了前进的脚步。

她的大门开着，门灯亮着，她就站在门外！

他兴奋莫名，她是在等我吗？刚想上去打招呼，可是又不知怎

草戒指

么开口。

就在他犹豫的刹那,在小巷的另一头,有个高大的身影走来,那不是儿时的玩伴大山吗?他躲到了墙角。大山走到她跟前搓搓手,等急了吧?

不急。给你做了荷包蛋面条,快趁热吃去吧。

我不是告诉你我在加工厂里吃了吗?

那里的饭也叫饭?听我的,加了半夜的班,再吃点。

好。你以后就不用等我了,我饿了自己能做饭,你搂着女儿睡觉就是。

没关系,习惯了。

大山搂着她跨进了大门,门就在他面前哐当一声关上了。

他胃里直冒酸水,屋里此时一定是暖暖的,一碗热腾腾的面也一定摆在了桌子上,只是那个吃面的人不再是他。

他开着皮卡离开,皮卡后斗子里的铁零件叮当作响。今天忙着提货,只吃了一顿饭,此时,他却不饿了。

他再回头看看那温暖的灯光,猛一踩油门,皮卡发出一声哀嚎,冲了出去。

第六辑　荒诞不经

　　在这一章里，发生了很多荒诞不经的故事，你不必为它们较真，只管随着它们的喜怒哀乐看下去就是。
　　爱好写作的人，有时候思维是不属于自己的，偶尔蹦出的灵感就像孤魂野鬼般缠绕不去，只有如实记录了，灵魂才能得到救赎。

情　人

　　昌和倩在抵死缠绵。光天化日下，竟然没有拉窗帘，昌有力的胳膊揽住她狂吻，倩犹如蛇般缠住了男人，妖娆……

　　昌和倩在抵死缠绵。光天化日下，竟然没有拉窗帘，昌有力的胳膊揽住她狂吻，倩犹如蛇般缠住了男人，妖娆……
　　一只漂亮的玻璃杯划着美丽的弧线落在玻璃窗上，玻璃窗把玻璃杯弹回地面，碎了，如一颗心。
　　他真想打她，举起的手又落下，嘀咕一声，每次完事儿你都这样，神经病啊。他就光了身子，裹着毛毯去了另一个房间。

草戒指

那个长发女人又来了,睡梦中的倩想大喊喊不出,想动却动不了,想阻止,却四肢瘫软……

长发女人拉着一个少女闯了进来,上去就抓小三的脸,小三躲向男人的背后,男人成了挡箭牌,长发女人骂声高亢,祖宗八代几乎骂了个遍,最后一头撞向男人,男人抓住女人长长的头发,把她甩倒,一股股红的鲜血顺着长发女人的额角流下,流过眼睛,眨都不眨一下,血直接流进了长发女人好看的眸子,瞪大的眼珠被血染得通红!

少女边哭边飞跑下了楼,越过几幢楼房,直向马路奔去。长发女人披散着长发在后面追她,凄厉地在叫,宝贝儿,别做傻事!她的嘴上脸上全是血。

小三偎紧了男人嘤嘤啜泣,男人烦躁地左看右看,就看向了远处的马路,眼睛定格了。她也顺着男人的目光望去,少女如一片叶子在汽车上空飘摇,身体轻灵,像极了断线的风筝。长发女人冲向少女,一辆车吱嘎一声刹住,又一辆停住,马路堵塞了。女人大哭又大笑,在马路上跳起了舞蹈!

男人推开小三的搂抱,飞奔下楼,嘴里含混不清地狂叫,我的女儿呀……空旷的豪宅里,留下她在瑟瑟发抖。

长发女人住进了精神病医院。小三继续和男人缠绵,疯狂得近乎暴虐……

倩大叫一声醒来,她恨死了梦魇里的那对狗男女,搅得她十年来不得安宁。

又一场缠绵过去了,倩看着身边熟睡的昌,她忘记为他流了几次产,直到有一天医生对她说,习惯性流产再也不能当母亲时,她就想到了像纸鸢飞舞在车流上空的少女,听到了长发女人凄厉的叫声,宝贝儿!

又一只杯子掷出又弹回来,倩忘记了玻璃是他刚换的钢化玻璃。昌轻轻走来,默默扫除玻璃杯残渣。

倩想到了年轻时练过的击剑，爬上阁楼翻拣出已经生锈的宝剑，亮开架势，一个白鹤亮翅，还是那么干净利落。剑尖在屋里逡巡，就看见剑尖所指之处，一张老男人惊恐的脸。

那时候，英姿飒爽的倩遇到了仕途腾达风流倜傥的昌，第一眼就被他俘获了。倩放下宝剑，摸摸昌那张老蛤蟆皮脸，轻轻一吻，放心，我不会杀你的，我杀的是纠缠我梦境的那对狗男女！

昌惊慌了，十年了，我也对得起你了，饶了我吧，为了你，我失去了官职，为了你，我妻离子散……

打住，那是为了满足你自己的私欲！倩挑起弯弯的眉毛，凝神细听，梦魇里的小三果然又出现了，她在摔东西骂人，骂男人无能丢了官职，骂自己瞎眼才跟了他，骂声不堪入耳。倩在心里恨得牙根痒痒，泼妇！摆开架势，一个仙人指路刺了出去……

倩死了，宝剑直插心窝，昌哽咽着对奔丧的亲友说，她神经病又犯了，把我藏阁楼里的宝剑找出来，用剑生生把自己给捅死了。

听着昌的哭诉，亲友们摇头叹息，都快六十的人了，妻离子散，这个老婆又死了，昌的下半辈子该怎么过呢？

亲友们叹息着告别，劝昌不要多想，日子还长着呢。临出门时，听见了他一声幽幽哀叹，十年了，报应啊！

雪　崩

暴雪让秦老师陷入谣言的困境，横亘在夫妻之间的鸿沟却不是谣言。生活的艰辛和爱人的不理解，更使秦老师增添了烦恼，这鬼天气，索性就让它爆发吧！

暴雪整整下了一夜。

草戒指

睁开惺忪的睡眼，秦老师觉得头疼得特别厉害。习惯性地在被窝里翻开手机看信息，妈的，昨晚竟然忘记了给手机充电，无法开机了。

坏了，晚点了！今天的第一节课就是自己的。身为班主任，他深知责任重大。他摸摸脖颈处的指甲痕，使劲瞪了一眼死猪一样睡着的妻子，要不是昨晚和她打架，也不至于今早起晚。

妻子小花只有小学文化，在她看来，秦老师就是个怪异物种，每天上班就累得够呛了，晚上回来还在电脑上爬格子，还时不时在网络里和一群男男女女聊天，大雪夜的不睡觉，不挨踹才怪！

秦老师又看一眼酣睡的妻子，心里哀叹，你什么时候能走进我心里呢？

昨夜的暴雪出乎秦老师的预料，几十年一遇。他每走一步都很艰难，稍不小心就来了个仰八叉，他只好倒退着一步步爬下十几级台阶。因为这是一座依山而建的小镇，开发商把大山的一半劈下垫了街道，另一半堆砌成旅游景点，居民区建在了半山腰，每家的门前都有十几级台阶。放在往日，坐在台阶上看朝阳落日、白云苍狗倒也富有诗意，可今天苦了秦老师了，他身为教师，工资有限，买的房子位置也不好，后窗外是大斜坡，前面的台阶也比人家多了好几蹬。当他连滚带爬下到台阶下时，已经筋疲力尽了。大风雪还在继续，街上一辆车都没有，看来，公交车也都趴窝了。他只好裹紧大衣领，打起精神亦步亦趋向前走去。

小镇最大的商场前有几个人走过，秦老师身旁不知什么时候有了同行者，一位姿态优雅的女人，翘着脚向前走，身体时而前倾，时而后仰，身段曼妙。女人脚下突然一滑，摔倒了。秦老师赶忙伸手去扶，由于重心偏移，自己也一个趔趄摔倒在地。两个人尴尬地相视一笑。相互搀扶着爬起来，慢慢向前面挪去。

好不容易蹭到学校，推开教室门，里面空无一人。黑板上写着两个大字：停课！

> 第六辑　荒诞不经

秦老师来到教导处，校长说，学校停课。昨晚就短信通知老师和学生了，你怎么不知道？

秦老师说，我忘了给手机充电了，没看到短信。

校长说，秦老师啊，还有一个月就该评定教师职称了，你身为班主任怎么这么不上心呢？手机要24小时开机啊，不然学生有什么问题怎么和你沟通？

秦老师连忙点头，是，是，我以后注意。

从教导处出来，秦老师感到头痛更加剧烈了，他慢慢向家的方向挪去，走到药店，顺便买了些头疼药。

当他爬上十几级台阶后，真想坐在雪窝里休息一下，真累啊！

推开门，一个奖杯扔来，河东狮吼也穿透耳膜灌来，你还有脸回来呀！跟你的女文友过去吧！

你！

你什么你！怪不得学校不上课你还往外奔，原来就是急赶着和她约会呀！

我没有啊。

少在老娘面前装无辜！说，和你在商场前面转悠的那个女人是谁？

你无理取闹。

我无理取闹？我给你找证人去。

小花说到做到，只一眨眼的功夫她就冲下了十几级台阶，秦老师隔着窗子看着，心里纳闷，她在雪地里奔走自如，他怎么就不行呢？

不一会儿，邻居老王被小花拽到面前。

老王说，老秦啊，不就和美女约会了吗？有啥嘛！我做生意整天在外面，什么样的女人没见过？我老婆管不了我。

老王，我是让你当证人的还是让你带坏我们家老秦的？小花一瞪老王说。

草戒指

瞧我这记性。老秦,我在商场门口,亲眼看到你和一个女人在雪地里并肩走,你们在雪地里还打滚了,是吧?

秦老师的嘴唇哆嗦了,你,你……你们简直不可理喻!

秦老师生气走进书房,把门反锁,他的头更痛了,他摸出口袋里的头疼药。

小花使劲拍打着门,看看,心虚了吧,连一句辩解的话都没有!学校停课了,你不是跑出去约会了是干什么?昨晚聊到那么晚,还没聊够?

天地良心!秦老师好想大呼一声,他昨晚是在群里和文友们讨论作品,那么多人,能和谁谈情说爱啊!

你的良心让狗吃了,要不是我爹给你弄了个老师的名额,你现在还在种地呢!你那年高中毕业了,要不是我爹是村长,你能当上代课老师吗?你能有机会考函授大学吗?刚刚吃了三天饱饭,你就望不到南天门了,你还在外面养了小姐!这日子没法过了!门外响起小花的诉苦声。

是呀,这日子没法过了,秦老师第一次赞同小花说的话。

房外响起瓶子的碎裂声,板凳倒地的砰砰声,书房门也被什么物体砸得啪啪乱响。他推开书房的窗,深叹了一声。一口热气飘向窗外,窗外十几棵绿化树上的雪簌簌落下,在树下越积越厚。秦老师惊异地看见,雪变成了雪人,正在慢慢地一级一级滚下台阶。

雪人越来越胖,越来越高,最后成了一个硕大的雪球,跑动起来,跳跃着冲下山体……

门轰然倒塌,顿时地动山摇!

雪崩了!

第六辑　荒诞不经

最后的微笑

　　有人说，人类曾经在地球上有多个轮回，毁灭再重生，重生再毁灭。所以，世界上才有了八大世界奇迹，还有了很多未解之谜，如庞贝城、玛雅文化……

　　邓博士抬起手挽看看表，现在是5000年12月12日12时12分，他按下按钮，大屏幕上，两艘飞船正无声无息地按时起飞！它们载着最后的人类，瞬间消失在茫茫宇宙里。

　　邓博士笑了，笑得有些勉强。他倒了一杯咖啡，三千年前的历史记录又在眼前重播。

　　人们为了金钱这东西，毁坏了成片森林，污染了大量水域，制造了那个叫"霾"的东西，地球从此就阴多阳少了。大地日益沙漠化，能种出的粮食不多了，饮水也成了问题。

　　邓博士出生的那年，地球能源几乎耗尽，有很多科学家坐着飞船走了，他们说发现了新的能居住的星球。也有很多沾亲带故的人被他们带走了，他们也消失在浩淼的宇宙里。

　　邓博士长大后，据他推测，所有走了的人之所以到现在还没有和地球人联系，他们大概飞得超出了地球人的想象，正降落在卫星探测不到的某个星球，过着快乐的日子。或许成了宇宙里的尘埃，或许融化在太阳系的强光里。

　　总之，他们真得与地球失联了。

　　邓博士又抬腕看看表，他也该走了，他知道，他送出去的这两飞船人也是有去无回的，飞船的速度太快了，才钻出大气层就和地

153

草戒指

面失去了联系，他们的目标是遥远的天狼星。

邓博士开着水路两用车钻入大海，在大海深处，有他半辈子的心血，那里建了一个不知能不能躲过此劫的海中城堡，里面住满了花高价住进来的居民。这些居民暂且就叫新人类吧。他看着固若金汤的城堡笑了，笑得有点苦涩。

他返回车走进一座大山，那座大山被掏空了，里面生活用品一应俱全，流水叮叮咚咚地顺山而下，这可是这儿新人类的生命之源。为了能留住这股清泉，邓博士花光了所有财产。这儿也是他的一个试验基地，新人类光着屁股打闹着，他们过着快乐的群居生活。据邓博士说，这是唯一一座不会爆发火山的山。

邓博士登上了山顶，他望着星空发呆，亲人们，你们此刻会在哪儿？我之所以没把自己送进宇宙，因为我已经对现在的人类失去了信心。

离火山爆发只有半小时了，邓博士发出警告信号，海中城堡的新人类严阵以待，山肚子中的新人类听到警报也静下来关上石洞门。邓博士知道，无论剩下哪一方，地球将来还是地球，还有人类繁衍，他们将又是人类的祖先。如果他们都死了，那也是上天对人类的惩罚。

离预测的火山大爆发只有十分钟了，站在山顶的邓博士拿起高倍聚焦望远镜，远处狼烟滚滚，已经有火山在蠢蠢欲动！尽管知道这天早晚要来，邓博士还是禁不住颤抖！大地也颤抖了！

远处的山头上一火柱擎天！浓烟滚滚而来！该来的还是来了！这个年代的科学家堪比预言家，说什么就是什么。

岩浆在大山脚下蔓延，一直流向大海，大海里的鱼儿熟了，飘满了整个海面，不知海城堡里的新人类会怎么样？

大海里的火山也爆发了，海水一直暴涨，淹没了大片田地，数座高山，一直如邓博士预料的那样，涨到这座山脚下停止。

火焰几乎烤熟了邓博士，火山灰呛得他几近晕厥，他坚持着，坚持了三天三夜，这三天里，他没离开过望远镜一步。他想要知道，火山爆发后会留下什么。

　　三天后，火焰慢慢弱下去，但火山灰还是猖獗地无孔不入，邓博士觉得他要窒息了，他也绝望了，除了他重塑的山洞里的新人类和海城堡里的新人类，世界上还能剩下什么？

　　邓博士昏了过去。

　　等他醒来的时候，久违了的阳光照在身上舒服极了，雾霾没有了，也许雾霾里的有毒物质被火焰烤没了吧？世界又一片清明！

　　邓博士拿出望远镜又看，在山涧深处，一个新人类在跳跃摘果，山脚下的大海里，新类人鱼也在那里自由游泳。

　　邓博士笑了，那是他的杰作，他动用先进技术让人类退化到了几十万年前的智商。他用尽最后力气在大青石上刻下，公元5000年12月12日12时12分，最后一批人类登上宇宙飞船飞往天狼星，地球将陷入火山大爆发里，新人类又将不断地进化，山洞里的新人类脱离群居生活……随着大海退却，大海里的新人类慢慢走出大海……切忌霾……

　　2014年4月1日，源于大青石文化，我写下了这个寓言。大青石上的文字被一代代人研究，而我不费吹灰之力就解读了，因为大青石上的最后一句话是：人类之所以能在地球上轮回，因为在每个轮回里，就有一位科学家向最后的人类植入不断裂变的脑细胞。这个科学家姓邓。

　　现在的我就是邓博士。

一二三

　　古代讲，养不教，父之过，教不严，师之惰。人们还讲，棍棒下面出孝子。现在的人们却是这样讲，要尊重孩子，满足孩子，让

草戒指

他们健康发展。大志所受的教育，和他将要教育的孩子，却是截然相反的教育。本篇看完，你会咋想呢？

不记得从什么时候起，齐大志就对这一二三有感情了，过去母亲在喊，一，二——你赶快去干，如果让我喊出三的话，你可就倒霉了！

穷人的孩子早当家，大志就在母亲的一二三声中长大了。

齐大志当兵了，指导员经常把这个不能干那个不能学列出一二三条来，军人当以服从命令为天职，大志就在指导员的一二三条中度过了军旅八年。后来转业到了地方，被安排当乡人武部长，就没人敢对他喊一二三了，就连一项很强势的母亲也不对他喊了，当他每个月抽出半天时间回家看母亲的时候，她总是在念叨一句话，常回家看看啊！看着年迈的母亲白发苍苍立在门旁冲自己挥手，他很伤感，那时候的母亲喊起一二三来，底气十足。

他除了干分内的组织民兵训练学习和征兵工作外，还包干了两个村子帮他们脱贫致富。他成了地地道道的父母官，渐渐地，他对别人喊起了一二三，最先被施以一二三的是他的爱人大娟，大娟文化不高但头脑灵活，在乡驻地包了个小门头给人理发。那天正好大志也去理发，大娟示意他等一会儿，大志坐着随意翻看画报杂志，就听见大娟对那男顾客说，收您六块，欢迎下次再来，大哥走好！

理平头什么时候涨价的？大志问。

他自己不洗头，还色迷迷那样儿，多收他两块钱他还很乐意呢。

大志一听就黑了脸，你把多收的赶快送回去！

凭我服务赚的，不送！

你不送是吧？我可喊一二三了，一，二——你别让我喊出三来，喊出了你就倒霉了！

第六辑　荒诞不经

大娟没法儿，追上那人把两元钱退给了人家。

后来，齐大志被调进了县里，但城里消费高，儿子上学，赡养两边父母，同事们升迁搬迁的都需要花钱，每月拿着那点儿固定工资，他们的生活就捉襟见肘了。

大娟也跟着进了县城，开起了美容美发发廊。爱美男女实在多，大娟就是使出浑身解数也打理不完，她就经常埋怨大志，闲暇时也不给她帮帮忙，但齐大志舍不下官脸。在家里，经济地位直接导致了家庭的领导地位，于是就经常听见大娟的河东狮吼，一，二——你别让我喊出三啊，喊三了，你就倒霉了！

又听一二三，大志很不爽，但现在不是流传这么一句话么，听老婆话，跟党走，多吃饭，少喝酒。他也就心甘情愿听起了老婆的一二三，果然，他们家的小日子又红火起来。

发廊雇了人，日子舒心，丈夫听话，渐渐就听不到大娟的一二三了。不知从什么时候起，才八岁的儿子小宇却代行母职，对大志喊起了一二三。每每稚嫩的一二三响起，大志的心里就升腾起一种叫做父爱的东西像蜜汁满溢。儿子不就想要个战车模型吗？买！

也有大志不想执行一二三的时候，大冬天，儿子想吃冰激淋，大志说，乖儿子，等天暖和了再吃，对胃不好。儿子大眼睛一瞪就喊，一，二——你别让我喊出三啊，喊出了你就倒霉了！大志赶忙说，我的小祖宗哎，我这就去买。

大娟嫌大志惯孩子，大志反驳说，咱们就一个孩子，不疼他疼谁？

一天，小宇的一二三对一个同学喊了，还在那个同学的脸上实施了一二三拳头，老师叫了家长。

教室里，小宇看到爸爸来了，满不在乎。大志一拍桌子，快向同学道歉！小宇把头扭向一边。大志拎起小宇的耳朵，威严地喊，一，二——你千万别让我喊出三啊，喊出三你可就倒霉了！

157

小宇从没见爸爸这么严厉过，吓得赶紧对同学道了歉。

从此，楼道里就经常响起大志洪亮的吆喝声，一，二——！

于是，就经常看见小宇跑得比兔子还快。

我去哪儿了

很多时候的人们，身在那啥都是身不由己的。且看这个崔作家也陷入了绝境。其实这个绝境，是他自己设置的，不知不觉中，就不知道自己去哪儿了。

父老乡亲都叫我崔作家。现在，我正喝着茶在看电视。抬眼向窗外望去，我在二层楼房里，视野独好。

窗外桃花盛开，我的心情也舒畅极了，自从跟某文化公司签约后，我这个草根作家总算咸鱼翻了身。以前自己投稿得的那点儿稿费不够塞牙缝的，更有刊物白用稿子还不给稿费。如今，我不用边汗流浃背打工边写作了。我现在可以名正言顺地坐在电脑前给公司编书，也不用再看老婆的白眼珠子了。

这一切都得感谢总编慧眼识珠！我喝了一口茶，惬意地笑了。

各位观众，畅销书作家小痕就要和读者面对面了，我们将一睹他的风采！他最近的新书《天狼星漫游记》是他耗费三年光阴倾力打造的集神话、科幻、魔幻为一体的又一本力作……

《天狼星漫游记》？那不是我的作品吗？我一口茶噎在嗓子里，猛咳起来。

电视上，一位翩翩少年登上舞台，一大群粉丝纷攘着献花、鼓掌……我似乎还看到了金钱，一齐湮没了那个翩翩少年！

第六辑　荒诞不经

主持人的嗓子又提高了八度，各位观众，这就是年畅销百万书的畅销作家小痕……

我在脑子里急速运算起来，一本书提成一块钱的话，这小子一年就能赚一百万了！这数字在我的脑子里变成了蜜蜂，嗡嗡着时不时蜇我一针，我的头立马大了。那可是我的心血呀，我参考了上百本书，又查阅了无数资料，做大纲、做小节，还要设计情节，更要拟用最动人的语言来组合，为了这一百万字的小说，我渡过了多少个不眠之夜，耗费了多少精力，只有我自己知道！

我只觉得一阵头晕，电视画面也模糊了。

手机忽然炸响，我一个激灵按响了接听键。

老崔，看到了吗？你编辑的那本书又畅销了！高兴吧。咱们群里都在为你祝贺了！

主编，我，我想自己出本书，麻烦您给推荐……

我说老崔呀，你写作也有半辈子了，一、你没有给即将成家的儿子盖上新房；二、你写了那么久也没有成名。你看你写编著书才多久，就盖了新房。

主编，我现在虽然跟着您编著各种书，但没有署名权呀，下次我想署名。

署名可以呀，但署了你名后，谁来买书？！

不是，主编，您看小痕那本书就是我编著的，不是很畅销吗？换上谁的名字都会畅销的。

切！你以为你是美女？你以为你是酷男？现在作家也得靠脸蛋吃饭，就你老菜梆子也想成名？早干嘛去了？

主编，我，我想辞职……

辞职？好！那你把这些年我教你的编著方法外传了怎么办？咱们已经签约了，如果你私自毁约，你是知道要交违约金的！

我在心里过滤了千万遍，主编的所谓编著，还不就是把好几本

159

草戒指

书里的精华囊括到自己的书里？如果不是百度加上我自己的才思，人家不告他侵犯版权才怪！可为了能挣到稿费，我这是自己跳进人家的圈里去了。

老崔呀，我还是劝你，咱们继续合作吧，你看这个小痕，最初是他爸爸花钱给他出的第一本书，后来又请了名家包装后，才打开了市场，老崔，不是我说你，在拼爹的时代，你我都拼不起呀，人家挣大头，咱们捞个小鱼小虾吃就好了……

主编在絮叨，电视上的采访正如火如荼，请问小痕童鞋，你当初是怎么构思这个作品的？

小痕微微一笑，尽在书中！敬请大家看书便知！

我哀叹一声，大概小痕自己都还没看过这本书吧。

各位观众，小痕童鞋的回答多么机智！凭着这样的机智，肯定又多卖几本书了。凭着这样的机智，畅销百万书的作者舍他其谁？！

我的头越来越大，越来越沉，可主编还在狼嚎。

喂！老崔，你还在吗？

老崔是谁？

老崔，别给我打马虎眼哈！

老崔到底是谁？

喂！老崔你可别吓唬我哈，咱们的新书已经有人付款预订了，还指着你主编呢。

指着谁主编？

崔作家你呀！

崔作家？你找崔作家打我电话干嘛？

你难道不是崔作家？你是谁？

我是谁？

你他妈的到底是谁？

我他妈的到底是谁？！

一个碧眼蓝发的人走来，冲我怒吼，版权是我的！

又一个黑眼黑发的推搡他，版权是我的！

还有一个棕眼棕发的家伙上来就给了我一耳光，抄袭的还畅销，丢先人的脸不？

我大叫一声，晕了过去。

一封恐怖电子邮件

网络混得久了，什么样的事发生都不为奇怪。为啥？见怪不怪呀！魅域网就是用恐怖电子邮件招徕注册的。人们的好奇心就是这样，越是不让你知道的事情，你越想弄个明白，且看小王是怎么破解恐怖电子邮件的吧。

魅域网又在午夜准时开放，小王忙以"小王"网名注册，又填了邮箱和密码登录，谁知网络壅塞，费了半天劲才登录进去。

早就听说了，这个网站的鬼故事特别精彩，特别是新推出的一款《一封恐怖电子邮件》故事，谁都想先睹为快，传言有未成年人看完这个小说吓死了。小王咧嘴一笑，他从小就喜欢听爷爷讲鬼故事，长大了也爱玩鬼游戏，如今工作了，更喜欢看鬼小说。他是伴着鬼长大的，还能怕鬼？

他找到目录，点击进去，作者的头像显现在左上方，嘿！美女作家！点击阅读，需付十个金币才能进去，不就十块钱嘛，为了能看到心仪已久的鬼小说，值了。付了金币进去细读，也不怎么样嘛，小王感叹，怎么就吓死人了呢？他冲了一杯咖啡提神，没办法，喝咖啡成了值夜班的法宝。

草戒指

开始阅读:"小王半夜打开魅域网,正在阅读《恐怖电子邮件》小说,忽然电脑右下方来了电子邮件,小王忙点开去看"——电脑下方真得来了一封邮件,小王忙点看,"如果我没猜错的话,你现在正一手端咖啡,一手在点击邮件。"

小王一哆嗦,手里的咖啡溢出来,弄湿了键盘。

他又把目光移向小说,"如果没猜错的话,小王现在正一手端咖啡,一手在点击邮件。(小王奇怪,这么晚了,是哪个朋友知道我在看鬼小说?知道我在喝咖啡?)他把目光望向窗外,窗外玻璃上,赫然映出一张美女脸,她妖娆地笑着——"

小王下意识地看了美女作家一眼,也望向窗外,仿佛那个美女作家的头像真得在窗外魅笑!小王又赶紧把目光集中在小说上:"美女敲敲窗,蓦然消失了——"

小王正看得热闹,又来了邮件,他忍不住又点开邮件:"这个房间里曾经死过一个美丽的女孩,她长发披肩,浑身湿漉漉地,脸色惨白,手里的匕首滴着鲜红的血滴,水龙头打开,滴答滴答的水声掩盖了一切。"

耳畔真的响起了滴答声!就在卫生间里!小王颤抖着站起,向卫生间挪去,猛地打开卫生间的门,什么也没有,更别说水声!

他坐在电脑前继续看小说:"这个房间里曾经死过一个美丽的女孩,她长发披肩,浑身湿漉漉地,脸色惨白,手里的匕首滴着鲜红的血滴,水龙头打开,滴答滴答的水声掩盖了一切。小王忙起身奔向卫生间,可是卫生间里什么都没有,更别说水声!"

小王的脸色越来越难看了,他忙关了魅域网,正在这时,一封邮件又到,"嘿!你好,我就是那个死去多年的女孩,附件里有一张照片你要看吗?"

小王打开附件,啊……

第二天,魅域网被封,无数少男少女投诉网络公司,怎么封了

第六辑 荒诞不经

魅域网？在这个平淡无聊的社会里，就需要这样的刺激。

小王正了正警帽笑了，他接到了无数家长的投诉，孩子迷恋魅域网小说，有的彻夜读，死在了电脑前。《恐怖电子邮件》使用的就是在网络流行的魔方日志的形式，凡懂电脑知识多一点的人都会制作。

身为网警的小王破获了此案，声明大振，这不，半夜里他又在网络里逡巡了，忽然，一封电子邮件又到：如果我没猜错的话，你正以左手端咖啡，右手移动鼠标，在寻找下一个目标，记住，那个美丽的自杀女孩随时欢迎你的到来！你听，浴室里又响起流水声了，血又流出来了，透过门缝，汩汩流到你脚下……

小王端着咖啡的手哆嗦了，下意识地起身望望脚下，长出了一口气，跌坐在椅子里。

强中自有强中手

塞翁失马，焉知非福？小张、妖艳女子、一对年轻情侣、还有一大帮警察也参与其中，他们之间到底发生了什么故事呢？原来是大咖遇到大咖了，较量起来了！

小张刚背上笔记本电脑包，虚掩的门就开了，小张强忍住没有回头。

门嘭地一声关上，惊得小张回头看，一个妖艳的女子进来就脱衣服，肩带顺着柔滑的肩膀落下，露出雪白的胸脯，又伸出血红色手指，把头发抓乱。小张窃喜，今晚有艳遇。那女人却低喝，识相的给我五千！要不然我大叫，说你非礼我！"

163

草戒指

小张愕然，指指自己的耳朵又指指自己的嘴巴，拉开随身携带的包，找出纸笔写道：我是聋哑人，请你把你要说的话写在这里。

女子一看是聋哑人，窃喜。

她就在纸上重复一遍刚才的意思。小张收起笔，把那张纸叠了又叠装进口袋，脸上露出坏笑，女子吓得一撒身，你想干什么？

小张自顾拉开门，小姐，请你出去！

证据攥在人家手里，女子知道遇到高人了，忙整理好衣衫理顺头发，换上我见犹怜楚楚动人模样，大哥，能在这儿遇到您这样的高人，小妹真是佩服！在我出去之前，能握握您的手吗？

呵呵，可以啊！小张不无得意地说。

女子伸出芊芊素手，洁白如玉的小手上，一枚钻戒闪闪发光。小张反手握住她的手，使劲摇了摇，好，相识是缘分！

女子走出房门，风情万种地回头一笑，大哥，后会有期！

小张嘭地一声关上门，缓缓摊开右手，一枚钻戒就躺在那里！哼！敢跟老子斗！还嫩了点！时间不多了，先把电脑包拎上，又把旅行箱拎起放在桌上，拿出专用开锁家什开始开锁……

平时手到擒来的密码锁，今天怎么这么难开呢？门外又响起了脚步声，蓦然回头，发现刚才出去的那对情侣回来了，他们身后还跟着刚才那女子！小张忙夺路而逃，男情侣一伸腿就把他绊住了，那个女情侣一个擒拿手把他摁住，他想动，却动不得，只有张嘴大喊，你们凭什么逮我？

哼！本来我们是来摸底扫黄的，谁让你当贼的？男情侣说。

朋友，红口白牙的可不敢乱说！你们哪只眼睛看我作案了？

你手上的戒指是谁的？

我的！

你肩上的笔记本电脑是谁的？

我的！

第六辑　荒诞不经

你进来的这个房间是谁的？

我，我走错门了，对不起哦！他扭了扭被钳制住的身体说，戒指我还给美眉，电脑你们拿回去。我可没动你们密码箱！

男情侣伸手就去拿密码箱，忽然一声暴喝，住手！从门外走进一位高大魁伟的警察，后面还跟了一大帮穿警服的，一拥而上把那对情侣摁住上了铐子。

我们犯了什么法？凭什么拷我们！

呵呵，你先别犟嘴，看看这个再说不迟！小张终于打开了密码箱，从夹层里拿出几袋白色粉末，如果有什么想辩解的，跟我们上警局！

那对情侣不敢再辩解了，妖艳女子却大声反抗，我没罪！我不去！

你没罪？你这只戒指——嗯？小张得意地亮了亮金光闪闪的戒指。

女人立马蔫了，她知道，只有那枚戒指才是这次白粉交易的关键。

警察们收拾起罪证，押着三人走出旅馆，小张却飞奔上另一条路。

为首的高大警察又大喝，你上哪里去？

小张撒腿就跑。

高大警察三步并作两步飞扑上去，铐住了他。

小样的，让你这次戴罪立功，还没领功呢，你就要跑了？

小张立马蔫了，妖艳女子却暗笑，因为她知道，这次卧底兼监视小张成功。

第二天，报纸、电视新闻竞相报道：昨天在某旅馆破获一起黑吃黑特大贩毒案，抓获一名大毒枭。新闻下面是一张毒枭大照片，照片上的小张无奈地在笑。

太阳刺眼

这是一个真实的故事,我为啥放在这个荒诞不经的章节里了呢?因为,文友们读后都不相信有这样的儿子和儿媳,我也很无奈,明明是真实的故事,却成了荒诞不经!但愿这样的故事只存在于荒诞不经里。

老黄抬眼看看不远处的高楼,喊老伴,今天是星期天,走!咱给儿子送钱去!

老两口爬上六楼,还没来得急喘口气就敲响了门,迎接他们的依然是儿媳冷冷的脸,你们又来做什么,不是告诉你们了吗?这楼不交钱,你们别想踏进一步!说完就要关门,老黄忙从怀里掏出个塑料包,又把里面的红纸一层层揭起,里面露出一打散票子,这是俺和你娘捡破烂挣的两万块钱,你先收着,放心,以后我和你娘还会给你们挣的。

儿媳接过钱,看在钱的份儿上,你们进来坐坐吧。

老黄就着门缝儿瞅,就瞅见了儿子的头,儿子背对门坐在沙发上看电视,许是电视声音大了,门外的动静没有惊动到他。

老黄又瞅瞅光滑的地板,说,不进去了,弄脏了地板。

老伴看见了儿子的头就喊,儿子!

小黄蓦然回头,满脸是泪!

那一年,小黄以优异成绩考上了名牌大学,老黄大摆筵席宴请亲戚和众乡亲,小黄风风光光奔了大城市的那所高等学府。这一去就在那里生了根,发了芽。

第六辑 荒诞不经

家住深山坳里的老黄,自从儿子考上了大学就没闲着,每到农闲季节就出门打工,直到庄稼快收完一半了才回来。老伴就埋怨,你不会提早回来几天吗?一把老骨头棒子了,还拼那命干啥?

干啥?你不是不知道,儿子眼看就要毕业了,他肯定不会再回来住这三间破房吧?大城市里的房子那么贵,我不拼命,他要到猴年马月才能买得起房子。

老伴想想也是,儿子回家时就经常提起他的同学们,谁谁还没毕业就内定了工作,谁谁家的房子太大了,却给儿子买了个更大的。

小黄也知道老家的父母不容易,大城市消费高,仅靠父亲挣的那点钱连生活费都不够,更何况买房子那么一大笔钱呢。

为了工作的事,小黄跑细了腿儿,磨破了嘴儿,现在的社会缺什么也不缺大学生啊。

时光荏苒,小黄好不容易工作稳定了,却又谈起了恋爱,女友家很有钱,她经常催,你家什么时候买房子啊?咱们也老大不小了。

小黄为难,他怎么张口问父母要钱呢?父母供他读完大学,家境一贫如洗,连乡村小毛贼都不屑光顾。

女友就埋怨,看你家穷的,还想娶媳妇,门儿都没有!

小黄就紧着赔不是。为了爱情,大丈夫能屈能伸。

女友一口一个穷鬼地骂,但知道父母是真穷的小黄,无可辩驳,只要能在城市里站住脚,随她怎么损怎么骂去。

女友骂归骂,为了结婚,她动员她的父母掏钱付了首付。俩人终于有自己的小窝了,女友却给小黄约法三章:一,这房子是我父母付的首付,房产证上的户主应该是我。第二,不准你乡下的父母来住,他们没交钱就没资格。第三,如果他们带来了钱,会考虑让他们进来坐坐。

小黄心痛,但为了能娶妻生子,还是答应了。

乡下的父母不知道里面的曲折,听说儿子乔迁新居,就割了肉

草戒指

买了鱼，临走又捉了一只大公鸡，去给儿子温锅。

根据小黄说的地址摸去，敲开门，迎接他们的是一位冷美人，你们找谁？

当她听完老黄啰哩啰嗦的介绍，扔下一句，穷鬼！就砰一下关上了门。

小黄刚从卫生间里出来，谁啊？

叫花子！

小黄就奇怪，这么高的楼层还有乞丐？

老黄碰了一鼻子灰，就坐在门前给儿子打电话，儿子出来一看是自己父母，顿时羞愧交加，爹，娘！我不是不让你们来吗？这里岂是咱乡下人呆的地儿？

他说着把二老送下楼，上街边小吃店买了几个大包子塞给他们，临走期期艾艾地说，你们回去吧，我那新房我没投资，您儿媳妇不让你们来住。

老黄爱面子，不愿意儿子在媳妇面前抬不起头，她家不就有几个臭钱吗？俺去挣！拼了老命也要给儿子挣！

不种地也不喂鸡了，老两口收拾收拾就去了儿子居住的城市，离得近，心安。

他们就在城市边缘的臭水河旁安营扎寨了，老伴在这个暂时叫家的地方收破烂，他就每天逡巡在各个垃圾箱旁捡破烂。

如今，他们送来了两万块钱，再看看泪流满面的儿子，一狠心，拉着老伴就走。

爹！娘！小黄刚叫了一句，就被媳妇的白眼生生憋回肚子里。

楼下，老黄老两口互相搀扶着消失在高楼深处，初冬的阳光透着冷冽，却分外刺眼，只照得小黄泪眼朦胧。

第六辑　荒诞不经

一张彩票旅行记

相信大家没买过彩票也见过彩票的，这里有一张通灵的彩票，它历经几人之手，看到了很多人不愿意看到的东西，它也体现了自己应有的价值。只要你相信，在这个世界上还有一条真理存在就可以了，那就是，世上还有真爱！

李小天除了裤兜里的彩票什么也没有了，他离家前什么也没带，就这么晃出了家门。他的父亲李总恨铁不成钢，直骂他，败家玩意儿，每天只想着天上掉馅饼，怎么就不知道好好找份工作呢！难道老子要养你一辈子！

如往常一样，小天顶撞了父亲几句。可这次他捅了马蜂窝，李总正好因为公司里遇到了销售问题，心里正不爽，他就生气打了小天一巴掌。小天生气离家出走了。他既不想给狐朋狗友打电话，也不想去妈妈那儿，妈妈因为和父亲吵架在姥姥那里住了将近一个月了。小天在大街上晃了一天，饿了，他打算先找点东西吃了再说。他看到有个卖馒头的，他要了两个，顺手给了那人一张彩票。卖馒头的哀叹一声，谁没个难处呢，吃去吧。他顺手把彩票还给了小天，小天顿时满脸通红，他身为富二代，还从来没有这么尴尬过。正巧马路对面有个乞讨的人，他将这张彩票就施舍给了他。乞讨者忙捡起一看，不是钱，冲小天背后噗地吐出一口浓痰，戏弄老子呢，拿破彩票施舍我？老子不要！他把彩票高高扬起，那张两元钱的彩票顺着风势飘呀飘，就飘到了一个中年男人的脚下。中年男人正赶着和情人约会，一脚踏在彩票上，将彩票带到了乡下别墅外，娇小姐

169

草戒指

正摆了野餐在草地上等待他。草的摩擦力把彩票蹭下。

第二天早上，中年男人还没起床就听到了不好的消息，他被人举报贪污受贿，如果积极退赃，会减轻罪行。可他贪污的那点儿钱都用在买别墅和养娇小姐身上了，哪里还有多余的钱退赃啊。急羞交加间，他跳楼自尽了。

别墅外围上来很多看热闹的人，老张也恰巧走到这里，他今天是为了重新找工作才起这么早的。他无意去看死人，他失业了，而此时妻子正病重住院。昨天因为李总的儿子离家出走，公司陷入经济危机，他就生气开除了几个像老张这样干杂活的员工。

老张低头在人们背后走过，他蓦然发现了一张彩票，小心翼翼捡起，擦去上面的浮尘和露水，居然发现，开奖就是今天！他忙把彩票装在裤兜里，朝医院方向走去。妻子生病住院，需要一大笔手术费，他没有。他今天是去医院央求医生能不能先给做手术，然后他再补上手术费的。尽管他知道希望渺茫，但他还是会尽力争取的。妻子如果得不到及时治疗，会有生命危险。他决定等妻子做完手术他再去找工作，可做手术的费用要从哪里拆借呢？如果自己再不找份工作的话，恐怕下一个跳楼的就是他了。

路过一家福利彩注站，彩注站今天获奖的号码已经贴在了广告板上，他瞥一眼，再瞥一眼，他忙掏出彩票细看，中大奖了！一百万呐！他掐掐自己的胳膊，疼！他忙跑进彩注站一问，果然中了一百万！

又一个阳光明媚的早晨，李小天终于忍不住家的诱惑走进了家门，李总白了一眼儿子，要赶紧去处理事务了，债主知道他经济陷入危机，纷纷上门找茬。

那个乞丐还在乞讨，趴在冰凉的水泥地上哀嚎，大爷大妈行行好，赏可怜人一口饭吃吧！

老张扶着正在恢复的妻子散步，妻子问，儿子的学费交了吗？

第六辑　荒诞不经

老张微笑着回答，早就交了。

老张顺手掏出十元钱放进乞丐的碗里，咱们得益于福利彩票，就做做好事吧。

乞丐磕头如蒜捣，大哥大姐一定是福星转世，财运高照，老天爷保佑你们一生平安！

马拉松

在市里举行的马拉松比赛中，肖书记、窦市长和王检察长也参加了，在诙谐的比赛中，大家看到了什么呢？是不是像生活中的某个片段呢？对喽，生活就像马拉松！

各位观众，自市政府打算举办马拉松以来，群情高涨，在规定的训练马拉松的街道上，已经有人开始训练了。今天，是马拉松正式训练的第一天，请随着我们可爱的记者去实地采风一下吧！大家看，前面那个不是风流倜傥的肖书记吗？他在奔跑！他身边那个不是年轻有为、阳光帅气的窦市长吗？还有，看，一位大爷追上来了，哈，老当益壮啊，要不咱们采访下这位大爷？镜头拉近，哦，原来是我们尊敬的王检察长啊！观众朋友们，领导亲自带头操练，咱们还等什么呢？

肖书记啪地关死了电视。

大街上，又有人开始奔跑了，男女老幼，全民动员齐参加，其乐融融。窦市长跑着跑着，发现前面一个人的背影很熟悉，紧跑几步回头一看，哈，竟然是肖书记，白净的脸上居然多了几颗大黑痣。

171

草戒指

肖书记也发现了窦市长，小样儿，脑门上贴了创可贴就以为我不认识你了？后面赶上来一个人，一拍他们肩膀，俩人回头一看，呵呵，山羊胡子翘翘着，一看光洁的大脑门就知道，是王检察长。他们相视一笑，继续奔跑。

从此后，他们化妆搭伴慢跑，也从不往人堆里凑，和美女跑近了吧，怕出艳照门，和老人跑近了吧，怕出碰瓷门，和肌肉男跑近了吧，怕出基友门，和小朋友跑近了吧，怕出拐卖门。看市民都是穿着暴露去奔跑，他们不敢，怕出裸奔门。

他们每天下了班几乎都有一个小时的训练，渐渐地，肖书记发现，自己的腹围小了，每天上班前，总爱在镜子前臭美一下再上班。窦市长也有收获，以前久坐落下的腰疼颈椎疼居然不疼了。王检察长更是收益颇多，居然治好了多年的高血压！看来市里的决策还是英明的。

两个月的训练期转眼就到，电视里已经在倒计时了，他们整天在喊，各位亲，马拉松，你们准备好了吗？

大街上，标语更是贴得到处都是，群情高涨，大家经过两个月的一起训练，成了老熟人，他们热热闹闹地边聊天边跑着，他们不是在训练，是在享受这难得在一起的集体时光。

终于到了马拉松比赛的日子，市民们纷纷按照比赛规则排好队，随着指挥的一声枪响，一窝蜂一样飞奔起来。

要跑大半个城市呀，大家努力吧！宣传喇叭随着人流在狂喊，我们省委的肖书记也参加了这次奔跑，大家要以他为榜样啊。还有我们市委的窦市长，还有我们敬爱的王检察长都参加了这次比赛……

陆陆续续地，老弱病残下去了一大半，剩下的都是年富力强的人了，他们有学校里的学生，有工厂里的工人，还有企事业单位的人，当一个学生跑过肖书记、窦市长和王检察长的时候，忽然捂着肚子停下来喘息去了。一个事业单位的人跑上来，一回头忽然发现了这

第六辑　荒诞不经

三个人，他并肩跑了一会儿，就去系鞋带了。

肖书记也累得说不出话来了，这次比赛毕竟是他提议的，他一定要尽力给大家做个榜样啊。窦市长也是这个意思，跑啊跑啊，他想奋力追赶前面的肖书记，总是追不上，倒是和王检察长并驾齐驱了。

后面，稀稀落落像撒了一把豆子，前面，就那三个人在奋力奔跑。跑啊跑啊，总没个尽头呢？忽然，前面出现了红色彩绸，肖书记眼睛一亮，奔跑的速度加快了，窦市长也看见了红绸，毕竟血气方刚，他也奋力奔跑起来，超过了肖书记，向红绸子冲去！

忽听王检察长紧着咳嗽，窦市长脚步顿了一下，放慢了速度。肖书记也放慢了前进的脚步，王检察长慢悠悠跑上来，上气不接下气地说，肖书记，您，您快冲线啊！

不好吧？我这不是像某些比赛一样，监守自盗吗？

肖书记，您身为省委书记以身作则，还亲自执行并实施，我们佩服您，您就勉为其难地冲线吧。窦市长也在附和。

不，以后咱们都还得仰仗王检察长照顾呢，呵呵，还是王检察长冲线吧。

不，您是省委书记，有您在，谁敢冲线啊？您应该为大家做榜样啊，大家说是吧？

后面稀稀落落的人群马上聚拢来，大声喊，对，就得肖书记冲线，为我们做榜样！

那我就冲个？

对，冲个！大家齐声附和。

肖书记拉开架势，迈起酸楚的腿，弓起腰，做好了最后的冲刺准备！

一个小男孩从后面跑上来，麻利地取下红绸递给肖书记，叔叔，看，我把拦路的红绸子取下来了，你们快跑吧！

第七辑　世态百相

　　我撷取一朵生活里的小浪花，变成事态百相里的小小说献给您。或哭或笑的人物，亦真亦假的场景，都呈现在您的眼前，供您品鉴。杏子熟了演绎了一段酸苦爱情；聘礼的倒置原来是为了闺女能在婆家站住脚；利用里的杨德利究竟是被谁利用了；街上流行的红衣服里又能塑造什么样的婆媳；小偷偷完金店后肯定不会想到反被打；村长不在家里却去了我父亲家；像大裤衩书记这样的书记能再多几个就好了；小女孩的眼睛透射出什么社会信息呢？还有显摆里的俩大爷，在显摆的同时，隐蔽了什么东西呢？更有嫁给平安的人儿，能平安吗？

杏子熟了

　　女人怀孕了，想吃酸杏，男人跑遍整个城市也没买到，就买了几串葡萄回来，结果放烂了女人也没吃。后来，女人再次怀孕，男人为了事业，忽略了女人，女人却跟别人跑了，再也没有回来，男人以后的日子可咋过啊？

第七辑　世态百相

女人怀孕了,想吃酸酸的青杏,男人看看外面纷纷扬扬的大雪说,天寒地冻的,给你买苹果吧。

不嘛,我就要吃杏,听说城里超市里什么都有,你去买嘛!

害喜是个辛苦活儿,看着如花似玉的媳妇吃什么都吐,他心疼,就马上坐客车去了城里,他跑遍了整个城市的大小超市还是没有找到一颗杏子,没奈何,买了几串葡萄回来。

男人扑着一身风雪回到家里,献宝似的把那几串葡萄献给女人,女人只吃了一颗就说,甜的,不吃!

男人瞅瞅晶莹剔透的葡萄,那可是自己打工好几天的钱买的,他舍不得吃,一直放烂了媳妇也没再尝一口。

开了春儿,大杏树下拱土而出了很多小杏苗儿,男人就剜了几颗栽在自家的院子里。媳妇就笑话他,现喂的鸭子不下蛋,等你杏子熟了,咱孩子也能上树摘杏子了。

男人说没事,等怀下一个孩子的时候,不就能吃到了吗?

女人说,你想得美!

不知不觉间,他们的儿子能满地跑了,他栽的小杏苗经过嫁接,青青的杏子挂满了枝头,晴朗的夜晚里,铺一张凉席在树下看月亮,男人和女人啦着家常,地里的麦子不用你收割,晒得慌。春地里的花生红薯也该耪了,你只要照顾好孩子就行。

女人背对着男人躺着,跟了你真幸福哦!

男人就吻着女人的发丝呓语,老婆就是用来疼的……

女人翻转身紧紧抱住男人,男人女人就在杏树下亲热起来,月亮害羞地躲进了杏树密密匝匝的叶子里偷窥。

男人舍不得离开女人,从不外出打工,但看看捉襟见肘的日子,女人就催,有什么可留恋的,不就是地吗?我雇人种好了,你就放心走吧。

男人果真去城市干了泥瓦工,每当午夜梦回时,他就想老婆,

草戒指

想得抓心挠肺。

好不容易熬到麦子黄了，他请假回去割麦子，他怕平时娇滴滴的女人受不了毒日头暴晒。

黎明十分，村头的地里已经有早起割麦子的了，他加快了回家的脚步。却惊动了那人，那人一回头，竟然是自己的女人！男人的眼睛湿润了，女人何时受过这样的罪呀，他在家的时候，他一大早割完了半亩地回家了她才起床的。

男人上去就抱住了女人，女人偎在男人怀里哭了。看看晒黑的女人，男人发誓，再也不出去打工了，他要在家里寻个致富的门路。恰巧，村里在号召村民办木材加工厂，扶持贷款资金。男人第一个报了名。

男人的家前面有一大片地，他就在那里建了简易厂房，买了机器开始生产。做生意这行可不像干泥瓦工那么省心，男人这次可领略到了做买卖的四大难，买难、卖难、资金难、找人难。

男人瘪气了，女人倒是有了用武之地，每次跟客户谈生意，她用她那刚柔相济的法子，赢得了回头客。用她那温柔的目光加上给银行信贷员的回扣，他们的资金也没有困难了。男人佩服女人佩服到了极点，工厂里什么事都依着女人。

南方上来一个大客商，文质彬彬的，带着眼镜。每次都是双桥车拉板材，很大气的样子。女人和眼镜混熟了，每到杏熟季节，就专门摘了给他吃，如果他赶不上杏熟季节，她就会在冰箱里给他冷藏几个，她曾兴奋地对男人说，他也爱吃杏子呀。

后来，他们生意做大了，在镇街上盖了楼房，女人想再生个女儿，她说没有女儿的人生是遗憾的。恰恰，她怀孕的季节又是冬季，她害喜还是想吃青杏，男人又寻遍了整个城市的超市还是没有买到。

眼镜又来拉板材了，他从怀里掏出十几个青涩的杏子递给女人，女人愣住了，你怎么知道我想吃这个？

我上次来的时候你曾说想要孩子的，我就留意摘了些放在冰箱里。

女人捏一颗杏子放在嘴里，看看傻呵呵的男人，又看看温柔看着自己吃杏的眼镜，哀叹一声，这杏子可真酸！眼泪就掉下来了。

生了女儿，这个让人羡慕的小家庭更热闹了，也更忙了，忙碌起来的男人女人，整天没个好心情。

一天下午，女人让男人把他那身脏皮扒下来她洗，冷战好几天的男人感动极了，忙脱下来放进洗衣机。女人叹口气拿出来，放水盆里慢慢揉啊搓啊，把洗净的衣服，晾在两棵杏树之间扯起的铁丝上。

傍晚，眼镜又来装车了，女人对男人说，想去南方看看市场。男人不说话，女人知道男人默许了。

杏树间的衣服舞成了蝴蝶，女人没有回来，男人生气砸了手机。杏子青了又黄，女人还没回来，厂子停了业，男人就搬去镇上的楼房里住。

每到杏熟季节，男人都会徘徊在杏树间，望着满树的杏子发呆。

有小孩子想偷吃杏子，他就斥责他们。

又一年的杏黄季节，男人带来一个女人，锯倒了杏树，任由一树金黄落地。

聘 礼

老耿的女儿嫁入的只是有城市户口的人家，老耿却觉得地位不均等了，为了女儿不被婆家人小看，他自导自演了这出聘礼，个中酸甜，只有经历过的人才能品味出个中味。

草戒指

老耿就是梗，儿子儿媳劝也没用，这不，怀里揣了钱，一大早就坐客车去了城里。没过门的女儿英子住进了婆家，我呸！老耿一口浓痰吐向车窗外，似乎在吐去这几天来的不快。

事情还要从年前说起，去城里打工的女儿回来说，她谈了个对象叫刚子，人很好。老耿说，人再好，我也不会白嫁女的，是不？

英子就笑，爹呀，不就是彩礼吗？您说要几万？

老耿说，咱给你嫂子那阵儿，花了四万多呢。

哦？不就四万吗？我和刚子商量一下给您。

老耿就天天盼，盼着亲家把彩礼送来。左等右等等不到，他就给女儿打电话，闺女，你婆家还有活的么？总不能哑巴似得把我闺女诓到手算完吧？

英子笑得咯咯响，爹呀，该是你的，少不了！

五一的时候，亲家母亲家公都来了，打算十月一迎娶英子。

老耿起先笑，好，好！孩子们都大了，早早结了婚，咱们大人也完成了心事。及至看到了聘礼，本来就很长的脸呱嗒搭下来像头驴，亲家，一万元您先拿回去，如今生活好了，谁还缺这一万元啊？我儿子娶媳妇的时候，俺农村人家穷，还给了四万呢。

亲家公讪讪地，亲家母说，这一万零一块就是万里挑一的意思，钱不算多，就图个吉利不是？我们刚买了房子要装修，结婚办酒席还需要钱，俺工薪阶层……

老耿狠吸一口烟吐出，既然亲家母这么说，你就拿回去吧，俺又不是卖闺女，再说了，俺闺女难道就值这一万？

亲家两人再也坐不住了，扔下一万零一块钱，拉起儿子灰头土脸地走了，女儿喊一声，爹呀！瞧您说的什么话！说完也跟着他们去了。

老耿就在后面骂，真是女大不中留，留来留去结成仇，还没结婚就护着他们了？唉！女大生外向啊！

自从那次不欢而散，老耿边侍弄那二十亩烟边寻思，总得多要些聘礼吧，把女儿拉巴这么大，容易吗？

整整一个夏季老耿都在膈应，苦于忙着劈烟扎烟烤烟走不开，可是想要彩礼的心情一天强过一天。好不容易熬到八月，剩下捡烟的活就轻松了。再过十几天就是八月十五和国庆节了，女儿这个婚还结不结？那家难道为了几万元就不要女儿了？怎么没个回信？莫不是他拆散了他们俩？一连串疑问涌上心头，他也着了慌，忙坐上客车去了城里。

按着女儿以前留的地址找到新房处，按响门铃，女儿蓬松着头发开了门，刚子还没起床。老耿一声造孽哟——就出了门，女儿跟出去问，爹您怎么来了？事先也不知会一声？

闺女呀，你还有羞臊没有，没结婚就窝在一块，你想过以后吗？你这个婚还结不结了？

英子嘻嘻笑，爹您是老封建呢，我嫂子那时候不也住一块儿吗？

那不一样！

你们不是说好了十月一的吗？等工作忙完这一阶段，我就回去准备出嫁。

出嫁个屁！事到临头了你还不明白你婆家的心思？

什么心思？

他们打算不花钱白捡个黄花闺女，傻闺女，这话本来应该是你娘说的，可你娘死得早啊……你快打电话给你公婆，我找他们有事！

爹，我这就叫刚子去带他们。

刚子很快用摩托把父母驮来，刚子妈麻溜进了厨房，不一会儿荤的素的整了满满一桌，亲家公，咱们边吃边聊，孩子们眼看要结婚了，我这阵儿正忙呢！

刚子爸一个劲儿劝酒，老哥哥再喝一杯，等孩子们结了婚，你上这儿来住，孩子家就是你的家！

草戒指

他们夫妻俩一人一句，说的都是暖心话，让老耿再也张不开嘴儿要聘礼。

吃完喝完，老耿刚想张嘴，亲家母说，我要到商场去买床上用品，你们慢慢聊。

和亲家公不咸不淡地聊着，眼看过了午，老耿的梗劲上来了，亲家公你看，我们农村人养个女儿不容易的吧？供她吃供她穿，又供她上学，到头来却给了人家，农村人挣钱不容易，娶媳妇却要花好多钱的哟。

明白。亲家公说，那都是陋习，现在不是提倡婚丧嫁娶勤俭节约吗？

俺们那里不是这个理儿，聘礼多的媳妇，公婆才重视，才有身价。

刚子爸打岔说，老哥哥住下吧，天不早了，孩子们要下班了。

俺不住，俺明天还要卖烟。

今年的烟收成怎么样？

好——老耿忙改口，也不是太好，随年吃饭随年穿衣罢了。

老耿一心往聘礼的话题上引，刚子爸一心岔开话题，就在将要招架不住的时候，英子回来了，刚子爸找个理由赶紧撤了。

爹，你就在这儿住下吧，明天再走。

我说你找的什么人家啊？听话听音锣鼓听声，他们怎么油盐不进啊？聘礼怎么办？你张口问你婆家要，我明天还要回去卖烟！

英子打个电话给刚子，本来笑着的嘴弯垂下来。又给婆婆打了个电话，眉毛就拧成了疙瘩。

怎么？你婆家难道连三万块都没有？

爹，我去给您想办法。

英子走了，老耿瞅瞅渐黑下来的天，猛拍一下脑门，老糊涂哟，都这时候了，还撺孩子出去干什么。

他打开窗向外望望，大车小车一辆跟着一辆开过，他又回来坐下，坐下又起来走向窗户。万家灯火时，英子终于回来了，递上刚借同事的汗津津的三摞钱，爹，够了么？

够了，够了，你赶紧把那三个人叫来，我有话说。

等那三个人一进屋，老耿就说，你们以为我是老财迷，拿闺女换钱是不？知道你们城里人也不宽裕，喏，我这里还有三万，你们一并拿去，买个便宜的小轿车，想什么时候回去就什么时候回去，想爹了，常回家看看。

说得英子眼含了泪叫，爹！

说得亲家低了头。

老耿说完就走，英子在后面叫，爹呀，这么晚了你还要去哪里？

我赶夜班车回去，明天卖了烟钱，好给你压腰，女孩子有钱才能站住脚。

刚子爸妈呆立在了那儿。

利 用

在杨德利看来，世界上的人际关系都是利用与被利用的关系，就连亲情也淹没在利用里。气得他的老娘说，是俺利用你了，你好好养着，等你好了俺再利用你给俺养老。

杨德利在客厅里瞎折腾，一会儿把电视调得山响，一会儿又站起来喝茶抽烟，老伴春妮伸头望望又缩回卧室，唉！看来老杨又遇到烦心事了。眼看时针指向了十二点，她实在忍不住了，就说，老杨啊，有什么事能说给我听吗？别憋在心里憋坏了身子。

杨德利眉毛拧成了疙瘩，我没利用他们，他们却利用我，上面来人查那个女学生升学的事了。

草戒指

这么些年，大风大浪也都过来了，再有什么烦心事也得等天明了再解决不是？睡吧，别瞎折腾了。

睡、睡！就知道睡！睡你的大头觉吧，管我干嘛！

春妮讪讪地缩回卧室去了。

这都是什么事哟！世界上除了利用就是利用，杨德利不由得回忆起过去。

那一年，由于成分不好，没让他考大学，高中毕业的他，就在队里挣工分。高大伟岸的他，成份不好，但被很多姑娘追，其中就有村长的女儿春妮，春妮长着大大的突突的眼，高高的直直的鼻子，大而厚的嘴唇，她绝对属于浓墨重彩的那一类人。

可杨德利不喜欢。

不管他喜不喜欢，他对自己的婚姻是不当家的。

村长对他娘说，老嫂子，如果他娶了俺家春妮，就让他给学生们代课。

他娶春妮那晚，他就明白了一个道理，婚姻也是可以互相利用的。

在以后的日子里，他利用他所学的知识把孩子们教得考全公社第一。再后来，他被调到公社完小教学，教学之余，他爱写些诗歌小说什么的。再后来，公社改乡，乡长需要一个能写公文的人，他就被选为乡长秘书。

无论是下达的文件，还是上报的报告，他都写得滴水不漏。当乡长升为县长的时候，他也跟着升了官，去县里当了分管文教的副县长。这些年的一帆风顺，他坚信，是他们利用了他，他同时也利用了他们。

在日常生活里，他对利用二字也颇有研究，比如父母拉巴孩子，父母图的是老有所养，夫妻之间，更是互相利用的两者关系，如果一方没有利用价值了，就会选择离婚。

一个月前，他的顶头上司找他谈话，想不想去省里干？

第七辑　世态百相

当然想了，身为人民公仆，越往上走，越服务大众嘛！

上司笑笑，好！就冲你这句话，我在省城给你活动活动。不过，你得办一样事，我女儿学习不怎么样，你必须想法让她考上大学。

杨德利接到这个任务就愣了，他多年在教育战线上工作，深知一个家庭供一个大学生有多不容易。但他知道，这又是一个互相利用的关系，办好了，自己就可以高升。他就豪情万丈义不容辞地答应下来。

具体操作步骤他已经想好了，首先要踅摸一个学习好的，没社会背景的女生，等她考上大学后，再让上司的女儿冒名顶替。如果被女孩发现，大不了赔几个钱让她复读。

这个倒霉的女孩就是灵儿，六月二十五日查分数的时候，她的分数是过一本线的，她填了西南某大学，被录取，她就天天高兴地在家唱小曲儿。可是眼看九月一日过了，被录取的学生都上大学去了，可她的通知书还没来。她又上网查询显示，她的通知书已与七月底发放。

她怀疑，她的大学录取被人冒名顶替了。可自己是个农村女孩，真是呼天天不应。

灵儿家住农村，生活条件不是很好，想想父母为了供她读书受的那份累，觉得对不起父母。想想自己不分白天黑夜地苦读，受得那份罪，想死的心就有了。她偷偷买了些安眠药吃下，幸亏邻居串门发现得及时，才幸免一死。

杨德利刚刚知道，有抱不平的年轻村民就把这事发到了网上，一时间炒得沸沸扬扬，网民声言，要人肉冒名顶替者，要严惩始作俑者。这事也惊动了教育部门，严正声明，影响如此之坏的高考徇私舞弊案，一定彻查到底。

今天一上班，上司就来找他谈话了，你一定要挺住，千万别带累我，我以后一定会补偿你的。

草戒指

杨德利在客厅里折腾够了，春妮听不到响声，估计是在沙发上睡着了，就抱了一条毛毯出来。一进客厅门，她哇呀一声大叫，老杨呀，你别吓我，你怎么了？

老杨躺在冰冷的地板上抽搐，嘴里淌着白沫，身上散发着排泄物的臭味。

躺在医院里的老杨，命是保住了，脑出血却压住了语言神经，他唯一能说的一句话，不，一个词就是，利用、利用、利用！老婆听得心烦，谁利用你了？俺看倒是你，利用了俺一辈子，老了老了，还给你端屎倒尿的！

刚从外地赶来的儿子一进病房门就叫，爸！您怎么这么不注意身体啊！

利用、利用！

大学是俺自己考的，工作是俺自己找的，这次俺把那个城市的工作辞了，想在这儿找个工作，好伺候您，您说俺利用您啥了？儿子一生气就又回了原来工作的城市。

远在农村的八十多岁的老母亲赶来了，一进门就听见老杨大吼，利用！利用！

老母亲伤心得老泪纵横，儿呀，你大哥照顾了俺一辈子，你说你天天忙、忙的除了过年时你给俺割了几斤肉让俺吃了，俺还没得过你的济呢！

利用！利用！

老娘彻底伤心了：好，好，是俺利用你了，你好好养着，等你好了俺再利用你给俺养老。

杨德利听了，眼角淌下两滴浑浊的泪水，不说话了。

街上流行红衣服

婆媳关系是中国一大特色，是最难调解的关系，如果能将心比心，或者先拿出一点儿诚心对待对方的话，婆媳关系将会出现逆转，让满大街的红衣服流行起来。

东院的大嫂，养了三个闺女，一个赛一个孝顺，立香看看她手脖子上的银镯闪闪发光，她就眼红，大嫂你真命好，银镯子带上了，女儿也穿着红衣服，真美。

大嫂说，女儿还给我买了红毛衣呢，女儿们说，避邪的。

立香更眼红了，没人给买，自己买去。

大嫂似乎看出了她的心事，就说，弟妹呀，你就听大嫂一句劝吧，趁着今年闰九月，街上流行红衣服，你就和儿媳妇和好吧，你给她买件红衣服，她给你买个银手镯，这个结不就解了？

一提起儿媳妇，立香就生气，自从儿媳妇进了门儿，立香就没让她干过活，她每天除了上网就是出去溜哒，连个孩子都不看，立香说，咱们也不是富裕人家，你在家看孩子，我去打点儿零工，贴补家用。

儿媳妇杏眼一瞪，嫁汉嫁汉，穿衣吃饭！你们家管不起我的饭么？

不是，我、我是想让你带孩子，我去干活，干完活我再做饭，行吗？

不行！你不看孩子，要婆婆有什么用啊？

我像你们这个年纪的时候，带着孩子还种着地，还喂鸡喂猪的，你爸天天在外面干建筑活，一天工都没耽误过。

草戒指

都什么年代了，你们能和我们比吗？你没见星星家，人家媳妇天天上超市，没事的时候还去市里消费呢！

和这样娇生惯养的媳妇说道理是说不通的，立香就私下里给儿子说。儿子就劝妈妈，您看她细皮嫩肉的，能干什么活啊？再说了，您孙子太淘气，她没那耐心管的，还是咱们多费点儿心吧。

立香知道，为了娶儿媳妇，花费了不少，再加上人情世事的，钱总是不够花的。她一狠心，就给儿子分了家。

没人看孩子了，儿媳妇干什么事都有了绊脚的，她气急了就骂，老鬼，你死了我都不管你的事！分家了，她才深深体会到了当家才知柴米贵的道理。

偏偏今年赶上了九九女儿红，时兴媳妇给婆婆和亲娘买银镯，她们再给媳妇或闺女买红衣服。媳妇的娘得了偏瘫，自顾不暇，哪里还想的到给女儿买红衣服，看看满大街的红裙子在飘，媳妇就惭愧，如果娘身体好的话——如果和婆婆关系好的话——因为她看见，很多媳妇都穿着婆婆给买的红衣服，很多婆婆也穿着媳妇给买的红衣服满大街显摆。

看到满大街一片火红，立香就觉得不硬气，老感觉人家在指点她。

终于，当红衣服挂满集市的时候，立香忍不住了，管她惯不惯儿媳妇的，既然进了俺家的门儿，就是俺闺女了，先买了红裙子再说。

晚上，立香忐忑地拿着裙子给儿媳妇送去，看见她正把玩着手里的一对儿银镯。

立香瞅瞅银镯，知道那是媳妇买给她娘的，就讪笑着递过去红裙子，说，凑巧，我今天赶集，看见这个裙子款式不错，就给你买了一条。

媳妇展开裙子，火红火红的，正是她注目已久的那个款式。

媳妇变戏法般拿出一件红毛衣递给立香，也真巧，那个衣服店就剩这两件红毛衣了，我就都买来了，给您一件，给我娘一件，听说老年人穿上能避邪的。

立香没防备到儿媳妇有礼物，她狠狠心，从裤兜里摸出二百元钱给媳妇，这钱你拿去，你再买件红衫子吧，好配这条裙子。

媳妇欢天喜地地接了，心想，还是俺大娘的主意好，人心换人心，八两换半斤。于是，她又递给立香一只银镯，我买了两只银镯，我娘一只，您一只。

立香的眼睛模糊了，暗暗发誓，一定要像对女儿一样对待媳妇，只有家庭和睦了，那才叫幸福。

心里装个摄像头

王杰家的金店遭抢，恰巧被王杰归来看到，学过拳击的他，把劫匪狠揍了一顿，没想到却被劫匪诬赖。警察也觉得王杰做得过分了，因为他的对手是一个未成年人。

金店遭了劫。王杰正在清扫碎玻璃，一阵冷风吹来，进来一高一矮两位警察，高警察问，请问你是王杰吗？

是。王杰疑惑地看看他们，啥事？

你涉嫌殴打顾客，请跟我们走，希望你配合我们做调查。

王杰纳闷了，警察同志，受损失的可是我们金店，你们看看这满地的碎玻璃，还有摄像头……

请你所里走一趟，至于是你打了人还是人家砸了你柜台，我们都会调查清楚的。

王杰无奈，给父母匆匆交代了几句就跟警察走了。

派出所里，矮警察做记录，高警察发问，你为什么殴打顾客，

草戒指

回答要实事求是。

王杰摸摸络腮胡子，警察同志，这事说来巧了，金店刚要打烊，一蒙面人闯入，他用枪指着我的父母说，别动，老子就是缺钱了弄俩花花，你们别动哈，小心走火。蒙面人一边说一边用另一只手里的铁棍敲碎柜台玻璃，他放下铁棍就要去抓金首饰，也该着这小子倒霉，往常金店由我父母经营，偏偏昨天晚上我回来了，我一个箭步窜上去，一个擒拿手就把他拿枪的手别在身后，再用力一推，那小子也不白给，他一个反身，用另一只手要掐我的脖子，我忙松手迎战。你们知道，我是拳击教练，也就是陪他玩玩，我一把扯去他脸上的头套，嘿！一个长得不错的小伙子。谁知他恼了，使了狠招，一腿冲我裆部踢来，亏我躲得快，要不然……我也被他惹恼了，也左一拳右一拳攻击他，他虽然灵活，但他力气不如我大，不敢和我硬碰硬……

打住！你一说打拳就没完没了了？说重点！

是，是。我一个直勾拳他没躲过，捂着脸蹲下，你们知道，我有职业道德的，站汉不打坐汉。可是这小子猛然窜起，手里不知什么时候多了一根铁棍，我忙躲闪，心想这次遇到强敌了。谁知他拿着铁棍把三个摄像头打烂跑了！

那你为什么不报案？

金首饰没丢，我还把他打了，报案的话，他顶多是抢劫未遂，判不了刑的。再说那么年轻的一个小伙子，而且他武功很好，我很佩服，不想……

你这是纵容犯罪！不过现在你被他举报，他说他想去金店买戒指时，因为价格的原因，和你言语不和打起来了，你一拳导致他后槽牙松动，要你赔偿他的精神损失。

冤枉啊！天下哪有这么不讲理的事！

别激动，你这两天哪里也不能去，在家等候随时传讯。

可我还要上班。

第七辑　世态百相

这是法律程序！

王杰只好窝囊在家，他恨透了这小子，以后要见他一次打一次，一直打到他服！不过那小子的武功还是不错的，如果有人稍加指点，肯定前途无量。

警察在金店里调查取证，最后在电脑硬盘里调到了案发全部经过。

派出所里，王杰又看到了那个年轻人，他蜷缩在那里，分明是个刚长大的孩子。无论他以后是否被判刑，王杰都有几个疑问弄不明白，在征得警察的同意下，他向年轻人提问，你为什么要抢劫金店？

我为什么要告诉你？

你说了我教你很厉害的拳击。

没钱了。他摸摸被打的腮帮子痛快回答。

你在哪里弄的手枪？

在玩具店里。

你走就走呗，为什么砸烂摄像头？

他抬头看看王杰，尴尬地笑笑，我以为砸烂它就调不出录像了。

最后一个问题，我顾念你是半大孩子，没去报案，你为什么要诬告我？

他听了，怔了片刻慢慢回答，我在单亲家庭长大，爸爸对我很严厉，我偏不听他的，在学校里也是这样，偏和老师拧着干，结果被学校开除了。有一天我在街上闲逛，前面一老太太倒在地上抽搐，我忙打120。再后来，老太太的儿子诬告是我撞了她，结果赔了她一大笔医疗费。为这事，爸爸把我赶出家门。我不甘心啊，所以我也想诬赖一笔钱。

说到这里他弯了弯嘴角，这摄像头，坑死人了。我扶老太太的路段怎么就没有一个摄像头呢？

孩子，无论法律怎么判，我会尽最大努力帮你，有困难就来找我。

189

不过你记住，摄像头无论安装在哪里，都不如心里的摄像头重要！

他嗫嚅着，叔叔，我、我能握一下你的手吗？他桀骜不驯的眼神明显暗了。

王杰摸摸络腮胡子，伸出手紧紧握住他的手，等你出来，我教你拳击！

嗯！他重重点头，薄雾润湿了他的眼睛。

村长不在家

村长不在家，会去哪儿了呢？我拿着大斧头去他家，会发生什么故事呢？故事的结尾肯定会逆转的，且看我怎么逆转给你看！

我霍霍地磨完斧头，用手试了试，刃很薄。白森森的斧刃在月光下闪着惨白的光。我摸过一瓶酒，咚咚灌了个底朝天，提着斧头直奔村长家，我要找他算账！

村长家离我家不远，我一脚踹开他的大铁门，门后拴着的牧羊犬狂吠起来，我比划了两下斧头向这个畜生示威，它也太狗仗人事了，居然没把我放在眼里，看着它人高马大的，我惹不起还躲不起吗，我、我、我伸手一斧头砍向花盆里的桂花，村长养了十年正开得香喷喷的桂花倒下冲我翻白眼，我却乐得嘎嘎笑，谁让你的主人惹我了？

怎么了？怎么了？从屋里跑出来个小媳妇，她趿拉着拖鞋，穿红戴绿的，一看就不是什么好鸟。她大概就是村长新娶的媳妇吧？

村长那王八羔子呢？给我滚出来！我乜斜着醉眼，上下打量这个小媳妇，还别说，这小媳妇长得怪俊的，鼻子是鼻子眼是眼的，听说她还是大学生，是村长的小姨子。现在的女人啊，太不值钱了，她肯定知道村长贪污的钱款多才跟的他，也不知她父母是怎么想的，居然让俩闺女都嫁给这个心狠手辣的家伙。

听说有个老人服毒了，他去看看了，你找他有事？

我把斧头对着灯光吹了吹，斧头发出金属与空气的撞击声，我一回来，你们就让我媳妇结扎，我成老绝户了，你们还让不让人活了？

小媳妇看着斧头，微微一愣，你是王二楞兄弟吧？快进屋坐！你都仨闺女了，还不知足？

我才不进去呢，孤男寡女的共处一室，要被哪个嚼舌根子的婆娘看见，就是跳进黄河也洗不清了。

你快说那个王八羔子去了谁家，指不定又去哪个小寡妇家了吧？

你！你……

看着小媳妇的脸变了色，我幸灾乐祸地狂笑，我听出自己的声音变了调。

我说兄弟，你深夜带着利刃到我家，这是违法的，你诽谤他人，是要坐牢的！

我呸！我不懂这些，你别净说好听的，你一个娘们家家的，滚一边去！把村长给我叫出来！

我早给你说了，他去了那个老人家里，听说他有五个儿子，谁都不管老人，老人迫于无奈，服毒自尽了。你自己去找吧。

我听着小媳妇不卑不亢的话语，心底的豪气还真提不起来，本来打算砍他一两个人的，但是现在我怎么就下不了手了呢？我用左手冲不争气的右手一拳，斧头当得一声掉在地上，那小媳妇吓得嗷嗷直叫！哼！在我面前充大尾巴狼，看是你的大道理硬，还是我的斧头硬！

我说兄弟，你我远日无怨，近日无仇的，你干嘛吓唬我？

她无辜的眼神注视着我，还真楚楚可怜。她长得有点像村长死去的老婆，一想到村长老婆的死，我就内疚，我出去躲计划生育去了，二闺女放在家里让我爹带着，她不懂事，在河里溜冰玩，玩到河中央的时候，冰层断裂，可怜我那闺女，掉进了冰窟窿里，多亏村长老婆路过把她救起，我的闺女得救了，她却流产了，又感冒转成急性肺炎……

我真该死！

可是看她的脸真嫩啊，我好想摸摸，酒壮怂人胆，我的手伸了出去，她嗷地一声躲进屋里，把门哐当关上。

我重新拾起斧头把门砍得山响，你快说！那王八羔子去哪里了？！

我不是说了吗，他去那个老人那里了。

你快打电话让他回来，说我有急事！

我这就打，你等着！门内小媳妇恨恨地说。

喂，什么！王大年真的死了？他不是有五个儿子吗？都外出打工了？二愣不是还在家里吗？亏你还惦记他，让他在家伺候媳妇，他正拿着大斧子在砍咱家门呢……

我在门外听得真真的，服毒的老人居然是我爹！

爹呀！我喊了一嗓子就跑，我们兄弟五人躲计划生育的、出去打工的、没一个在家的。

二愣兄弟，你爹这半年来都是俺家那口子在照顾，你快去看看吧！身后传来小媳妇的声音，我可顾不得她说什么了，就连斧头掉了我都不知道。

刚出得院门，大门哐当一声关上，只听小媳妇说，我是吓唬你的，你爹想喝药来的，被村长阻止了！

我看着村长的高墙大院，真想冲进去揍她一顿。忽然一样东西从院里扔出来，是斧头。我拾起斧头，竟然觉得它沉甸甸地，累得手生疼。

第七辑　世态百相

大裤衩书记

　　大裤衩书记，这个外号可不太好听，可就这么一个土里土气的书记，在村里一干就是很多年。村子的外貌改变了，村里人的生活也变了样儿，我们还能再在乎他不雅的外号吗？要想知道这个外号的来历，请看——

　　李山峪村窝在大山深处，七八十年代没有水泥路也没有电，看着山外的男人自行车换成了摩托，羡慕得村里的姑娘们都出嫁去了山外，没有一个愿意留在村里的。山外的姑娘更没有一个愿意嫁到这兔子都不拉屎的地方。

　　全村又多了二十多条二十岁以上的光棍汉，五十多岁的村支书老李看在眼里急在心里。

　　他召开全体村民会议，号召成年男子集体出去打工，能挣多少是多少，他讲到最后简直慷慨激昂了，老少爷们们，你们放心地去吧，家里的地不用愁，我会组织妇女们种，家里的老婆孩子不用你们管，我会帮忙照看！

　　台下一片嗡嗡声，老婆也用他照看吗？

　　哈哈哈……台下一片哄笑声，气氛相当活跃。

　　男人们在这个山旮旯里呆腻了，都想出去走走，更何况是去挣钱呢！当时就有报名出去打工的，把老支书乐得合不拢嘴。

　　老支书给解决了后顾之忧，男人们说走就走，有奔北方经济城市的，有去南方发达地区的。男人们一走，就留下了李支书和一村的老弱妇孺，他带着妇女们互相帮扶着种地喂牲畜，日子倒也过得

草戒指

逍遥自在。

一转眼到了夏天，村里的女人都换上了轻薄的衣服，直惹得老支书的眼睛围着女人的喇叭裙子转，女人们则笑嘻嘻地说，李书记，看到眼里拔不出来了吧？小心得红眼病！

老支书也不以为意，他白天干活，天天晚上在村里乱转悠。

俗话说，秋后加一伏，秋老虎的威力就是大，就连一向循规蹈矩的老支书也光了膀子穿起了大裤衩，农村男人爱穿大裤衩，下河或干活图利索，大裤衩是每个男人夏天必备的衣服。

这天老支书干完了活，吃完晚饭洗完了澡，夹着旱烟袋又开始了瞎逛游。当他走到村东头翠花家时，忽然听到里面传来男人的说话声，间或还有撩人的呓语。

天呐！是谁这么大胆！翠花男人拴柱也去了外地打工，是哪个不要脸的男人竟然来勾引翠花？看我不给他点颜色看看！

老支书顺手摸起一根秫秸，一脚踢开大门，昏黄的油灯下，呈现在他眼前的是一幅春宫图！那男人瞪着眼睛看老支书，老支书看看紧抱着翠花的男人，羞得赶紧离开！

原来是翠花的男人拴柱耐不住寂寞回来了，干柴烈火的，还没等天黑就……

老支书这个气呀！没出息的东西！他坐在家里正生气，忽然大门被一脚踢开，拴柱拿着菜刀出现在眼前，他身后跟着衣衫不整披头散发的翠花，她死死抱着拴柱，老支书是好人呐！你不要冤枉我们！

我们？亏你叫得亲切！拴柱红了眼，冲老支书吼，怪不得你撺我们出去打工，原来你图谋不轨！看谁家媳妇漂亮你就睡，是吧？啊？！拴柱用刀把门框拍得山响。

打住！打住！你倒是说清楚，你哪个眼睛看我睡你家娘们儿了？你说不明白我告你诽谤！

你看看你穿了个大裤衩就往我家跑，深更半夜的你不在家好好睡觉，跑那里干什么！

拴住越说越气，一刀砍在饭桌上，桌子顿时少了一角。

老支书也气红了眼，抡圆了胳膊，对着拴柱就是一拳，你小子傻了吧？你们男人都出去了，就我一个大男人在村里，我不保护女人谁来保护？

吆嚹！你身为书记你还有理了？谁稀罕你来保护？村里不是还有那么多老头么？！

这时李书记的老婆答话了，他大哥你消消气，你叔怕媳妇们耐不住寂寞给你们带绿帽子，天天晚上睡不着觉给她们站岗，他可是清白的人哟！

谁让你回来不向我通报的？你看现在是大半夜吗？再说你们办那事也不知道关门？瞧你那点出息！书记直说得翠花羞红了脸，拉着拴柱就走，拴柱也不好意思地直挠头。

这时，门外站满了看热闹的女人，她们起哄，都是大裤衩惹的祸！哈哈哈！以后就叫你大裤衩书记得了！

在以后的日子里，老书记集资带领人们修路架电，办农业合作社，开木材加工厂，他们村成了全乡镇致富典型村，男人们再也用出远门打工了，但他不雅的外号大裤衩书记却响彻整个乡镇。

现在的李支书已经退休好多年了，但大裤衩这个词一直是老书记所头疼的。

眼　睛

小女孩的眼球是黑黑的，很容易相信任何人。大人的眼球却是黄色的，仿佛带了有色眼镜。在心与心，灵魂与灵魂的撞击下，又会发生什么故事呢？

草戒指

终于可以回家了,我和老公没有买到火车票,只好坐比平时贵一倍的春运客车回家。

在车站里只卖坐票,可一出车站,凡是路上招手的,客车都会停下来拾掇上去,像货物一样把乘客塞进车厢。

车子在城市和乡村间穿行,在人们的上上下下间走了几百公里。我困了,偎着老公睡着了。恍惚间,一双眼睛在看我,不会是遇到小毛贼了吧?我吓得一激灵,睁眼一看,一双乌黑的大眼睛在看我。一个小女孩扎着羊角辫,扶着座椅站在我面前,她定定瞅瞅我,轻呼一声,妈妈?

我一愣,我不是你妈妈呀,你认错人了。

你就是我妈妈,我奶奶说了,我妈妈围着红围巾,短头发,你就是呀!

她不是你妈妈,你妈妈在城里呢。一个老妇人坐在车过道里,眼皮浮肿,身下坐着一个蛇皮袋子,袋子里鼓鼓囊囊,这孩子,一见到围着红围巾的妇女就喊妈妈,被我宠坏了。

好可爱的孩子呀,我不由得赞叹,也想到了我那刚满五岁的女儿。给!我从随身包里拿出给女儿买的棒棒糖递给她一支。她嘻嘻笑着接了,就要放在嘴里吸吮。

不能吃!她的奶奶厉喝一声,吓得车子跟着一震,全车厢目光像箭一样齐刷刷射来。我不是告诉过你吗?陌生人的东西不能吃!你这死丫头咋就没记性呢!她说着一把扯过小女孩,把棒棒糖夺下硬塞给我,小女孩大哭起来。

大娘,不就一块糖吗?至于吗?我有些尴尬,车厢里竟然起了嗡嗡声。

以后你在城市里跟妈妈生活了,一定要记住,陌生人的东西不能吃!老妇人兀自教育着孩子,把我尴尬地晾在了那儿。

女孩的哭声更响了,她一边朝我手里的棒棒糖望着,一边哭着,妈妈，妈妈！

我心如刀绞，不就一块糖吗？大娘，我这是买给女儿吃的。我舔一口，大娘您看，甜着呢！

老妇人狠狠瞪我一眼，拍打着女孩，女孩一会儿睡着了。

我的女儿此时也在她奶奶怀中睡着了吧？棒棒糖含在我的嘴里，居然没有了平时的甜味儿。过了年女儿就该上学了，我打算接到我们打工的城市去上，老公说不行，说在城里如果再供个学生的话，挣的血汗钱就会没有的，还不如不出来打工呢。我看看老妇人怀里的女孩，想想老妇人刚才的疾言厉色，心里暗暗祈祷，但愿我婆婆不要像她这样的教育法，让孩子从小就对社会失去信任。

我决定了，咱们的孩子还得咱们自己养，自己教育，不要被她奶奶宠坏了。我对老公说。

老妇人听到了我说话，嘴唇蠕动了下，想说啥又咽了回去。随着车的颠簸，她慢慢合上了浮肿的眼睛。

车子又进入另一座城市，老妇人晃醒女孩，一只手牵着她，另一只手抄起蛇皮袋子，一瘸一拐地慢慢向车门边挪去。她边走边像在自言自语，丫头，奶奶的风湿越来越严重了，你跟着爸爸妈妈要听话，咱们在这里过个年，过完年我可就回乡下了。

奶奶，你也和我们一起住。

傻孩子，奶奶还能动，不能给你爸妈添负担！

我推开车窗目送她们下车，车窗外，老妇人忽然对我说，闺女，听说城里有拐卖孩子的，我才……

小女孩天真的眼睛一直对我眨呀眨，远处响起了爆竹声，年味儿渐浓了。

显 摆

农村人管在人前炫耀叫显摆，有显摆钱的，有显摆权的，但刘大爷和张大爷显摆的却是闺女和儿子。在经济浪潮的冲击下，孩子们都远离家乡去城市发展了，留下一村子的老人守着空巢，他们在显摆儿女中，自得其乐。

农村人管在人前炫耀叫显摆，有显摆钱的，有显摆权的，也有显摆……

这不，住对门儿的刘大爷和张大爷就杠上了，刘大爷的闺女在县城上班，工作好，钱就赚得多，钱多了就很孝顺爸妈，用刘大爷的话说，没有咱买不到，只有咱想不到。

张大爷瞧着他人前人后地显摆女儿阔气孝顺就不顺气，俺儿子比他闺女强多了，在市里上班，孝顺也是出了名的，而且还是儿子，儿子懂不？能生孙子！

最后一句话伤透了刘大爷的心，家里没有站着撒尿的，总觉得闺女再孝顺也不硬气。女儿就劝，爹呀，您还老封建呢？不信您就跟老张家那个儿子比，我一定比他做得好！

一转眼到了八月十五，女儿送节礼来了，小轿车直接停到刘大爷门前，从车上大包小包往下拾掇东西，她爹从门里迎出来就嚷，回去，回去！

女儿张大了嘴巴，为什么？

你忘了我在电话里说的了？停车要停在大路口的拐弯处，拎着东西走过来！

爹呀，你这不是强人所难吗？大路转弯处离这里二百多米呢，你看看咱村修建得这么好，每条公路都硬化了……

甭罗嗦！回去重走！

爹呀，吃包子肉在褶里，只有吃到肚子里的才是真，您吃再好再孬谁知道呢？

所以我才让你重新回去嘛！

女儿没法，只好把车倒后，停在大路上，拎着大包小包往家走，刘大爷老远迎上来，头昂得高高的，逢人便说，瞧我女儿，买这么多东西干嘛，吃不了白瞎了。

恰巧张大爷也在大路上东张西望的，听见刘大爷的话，撇撇嘴，不就那点儿东西吗？谁稀罕！

不一会儿，张大爷家的儿子也开着车回来了，他把车也停在大路上，大包小包往下拾掇东西，张大爷迎上来，额头上的核桃纹儿都开了，边帮忙拎东西边向车里瞅。儿子说，别瞅了，您儿媳和孙子回娘家了。

张大爷就嘟哝，大过节的，回娘家多不好啊，她是嫁出来的人哩！

爹呀，可她是独生女呀，咱总不能想着咱们自己团圆吧。

张大爷就没话说了。

张大爷和刘大爷的日子就在显摆中有滋有味地过着，一转眼到了腊月二十八，刘大爷一大早就接到女儿打来的电话，说不回来过年了，想趁着过年这几天好好休息调整一下。他闷闷不乐地往外走，远远地听到了锣鼓声，是村里组织的秧歌队又在排练了，这几年村里组织了很多文化活动，他为了在家里迎接女儿回来过年，尽管心痒痒的不行，也没有参加，今天心里空落落的，索性顺着锣鼓声走去。

锣鼓咕咚隆咚锵地震天响，男的女的一大群人在那里扭秧歌，蓦地，他看到一个熟悉的身影，扭得那叫一个欢，左脚起右手抬，右脚起左手抬，辗转腾挪捎带着晃脑袋。这时候他应该在家里陪儿

草戒指

子聊天喝酒的，莫不是他儿子也没回来过年？

这样一想，刘大爷的心情好了很多。锣鼓蓦然停了，主持节目的村主任宣布，今天的秧歌比赛到此结束，获奖者——张大爷！

原来，村里为了鼓励村民参与到娱乐活动中来，每天设置了一个最佳奖，奖励一只保温杯。

刘大爷看看上台领奖的张大爷笑成了一朵花，他的心理又不平衡了，哼！不就一只保温杯吗？臭显摆啥？

村主任又宣布，明天是书法比赛，大家今天报名！

刘大爷第一个窜到村主任跟前儿，我报名！说完，斜瞅了张大爷一眼，一副不拿水温杯不罢休的样子。

第二天，一阵锣鼓开场，十几张桌子一字儿排开，村主任宣布，书法大赛正式开始！

刘大爷握着昨晚刚刚开始练习的毛笔，手心里竟然握出了汗，他偷眼看看人群，竟然看到了一双幸灾乐祸的眼睛！

刘大爷心气儿上来了，饱蘸墨水，大笔一挥而就，上书十个大字，忠厚传家远，诗书继世长。写完了，歪着头左看右看，微笑就爬上了眉梢，以前的大队会计看来没白当。

比赛结果是，刘大爷获奖！获奖理由村主任说了，不但字写得好，而且这两句诗有意境，给现在的和谐生活做了最好的诠释。

刘大爷暗暗擦一把汗，拿着保温杯高举过头顶，这次险胜，看来以后要努力练习了。

村主任又宣布，明天是最后一场比赛，剪纸！剪窗花过年喽！谁来报名？

张大爷扒拉开众人挤到刘大爷跟前，你明天敢跟我比赛剪纸吗？

刘大爷一梗梗脖子，怎么不敢，报名！

其实刘大爷早就盘算好了，今天报了名，明天让老伴来参赛，让她也出来热闹热闹。

张大爷一看激将法成功,乜斜一眼刘大爷,窃笑,我就不信你一个大老爷们,能比过俺家那口子!

嫁给平安

只要我们上大路,就会看见超速行驶的和违规驾驶的。是赶时间重要呢?还是生命重要?看看,又出一起车祸了吧?

右拐!右拐!我喊道,你看人家右拐变道了!

老公一脸为难,那是公交专线,变道压线了,会罚款的……

可是马上要迟到了呀!我第一天上班就迟到,你们经理怎么想?我摸出手机看看,还有十分钟就要打卡了,我就央求老公,老公,咱们可是历尽千辛万苦才结束了牛郎织女的生活调到一起的,多不容易呀,你怎么就不知道珍惜呢!

老公犹豫了,他双手捏了捏方向盘却没有挂挡。就在这时,排在我们后面的一辆黑色轿车一打方向盘,从我们右侧超了过去,摇下来的车窗里露出染着黄毛的司机,他扭脸就看见了我们,冲我们一呲牙,一加油门就从公交专线上冲了过去。

你看人家!我大叫起来。老公好像下了很大决心,挂挡提速,尾随着黑色轿车也开了过去,眼看就要过去了,对面却亮起了黄灯,前面的黑色轿车一提速冲了过去,老公一踩刹车,吱一声停在了白线后面。

一个黑得像铁塔似的交警咔咔走过来,抬手敬礼,右手一指,示意我们靠边停车。

完了,怕什么来什么。老公嘟囔一句,乖乖把车靠向路边。

草戒指

请您出示驾照！黑脸交警敬了个礼，面无表情地说。我分明看见老公掏驾照的手哆嗦了。黑脸交警看看驾照又看看老公，嗤地一声撕下罚款单连同驾照还给了老公，上这个银行交罚款！

大哥，您看我今天第一天上班，赶时间，能不能通融下？我忙说。

违规驾驶还能通融？真不知道你们驾照当初是怎么考上的！知道吗？这段路就因为你们这些违规驾驶爱抄近路的人，才经常发生车祸的！你们记住了，出行一定要安全第一！

我们只好乖乖接过罚款单，低着脑袋听着交警的教育，老公一个劲地点头称是。交警看到我们老实听话，总算放我们前行了。

今天算是倒霉透了，上班肯定迟到了。再有一个路口就到公司了，老公加大了油门。越是赶时间越是那么寸，前面这个路口竟然发生了车祸，整条马路都堵塞了，我们只好停下来等。一辆小轿车前脸被撞零散，因为急刹车的缘故，车身横斜在了路上。一帮人在喊着一二三想把车正过来，不知里面的司机伤得怎样。一辆高度破损的电动三轮车歪斜在马路边，一个男人和一个女人身上血迹斑斑，男人横卧在马路上，女人哭声连连，她一边拍打着男人一边埋怨，我让你赶快过去你非停，你不停的话，早就冲过去了吧？

男人因为疼痛扭曲了脸不答话。刚才罚我们款的那个黑脸交警也在，他忙着拨打120，又忙着处理现场，最后，他来到女人身旁说，大姐，你说的不对，宁等一分钟，不争一秒钟，你们看，就因为你们这一秒钟的抢跑，就造成了车毁人伤的后果，还堵塞了交通，你们以后一定要吸取教训呀！

我嫁给你真是倒了八辈子霉了，没有钱还是个窝囊费！女人继续数落男人。交警又接话说，大姐，你嫁给他嫁的不是钱，嫁的是平安！只有他平安了，才有资格谈幸福！没有平安的话，有再多的钱又有什么用呢？

我听了一震，以前我也是这样催促老公抢时间抢跑的，是啊，只有他平安了，我才能过得幸福啊！

　　120来了，那辆侧翻的车也正过来了。医生马上把受伤的男人女人抬进救护车，又有两个医生把小轿车里受伤的司机拽出来。我们一看血呼啦的受伤司机，认识！他就是在上个路口抢跑还冲我们呲牙的黄毛！

第八辑　微言大义

　　在这一章里，我选取了十篇微型小说，或充满人生的智慧，或微言大义，或亲情浓郁，或暖心暖肺。

　　最后，就让我用一篇反转来结束这本书吧，但愿朋友们在看完我这本书后能或多或少地领悟到一些生命的真谛，让生活更丰富多彩，眼界更开阔，心情也随之开朗起来，让世界也因你更精彩！

恩　泽

　　小和尚用新桶挑水，老和尚却用漏水的桶挑水，小和尚就笑话老和尚，老和尚微笑不语。老和尚漏的水润泽了山花，山花回报寺庙的是鼎盛的香火，一个小小的恩泽，惠及了多少生灵啊！

　　大山深处有一座寺庙，里面住着一个老和尚，老和尚下山时捡来个小和尚。寺庙地处深山，香火不盛，他们的日常用度全靠老和尚化缘而来。山里没有泉水，他们要到很远的小河边挑水喝。他们唯一的两只木桶上有很多漏洞也舍不得换。老和尚每次挑水都会洒不少水在路上，等挑到寺里时只剩两半桶水了。

到了小和尚能挑水的年纪，他对老和尚说，咱们还是换两只新木桶吧，省得走这么远的路水都洒了，可惜。

老和尚微笑不语。

小和尚发誓要买两只新木桶来。果然，在他化缘的第二年就买成了两只新木桶，挑起水来滴水不漏。小和尚甭提多高兴了。

有一年大旱，小河里的水也很金贵了。老和尚挑水依然用破木桶，而小和尚依然用新桶。

忽然有一天，寺里罕见来了几位香客。又一天，又来了一些。再一天，寺里香火旺盛。

小和尚不明所以，就问一位香客，你们是怎么找到这寺庙的？

香客答，今年干旱，小河断流了，我们就顺着干涸的河道找水源，就找到了这寺庙。

小和尚不解地说，我们寺庙离小河这么远，你们不可能找到的。

我们是顺着开满山花的小路找来的。

小和尚更不解了，干旱季节，上哪里找开满山花的小路呢？于是，他就跑去那条挑水的小路看，小路两旁的野花受了老和尚洒下的水的滋润，开得正盛。

从此后，小和尚也用破木桶挑水了。

人之初

人之初，性本善。儿子的善良是与生俱来的，可偏偏被后天邪恶的乞丐所欺骗。在这个复杂的社会里，屡见不鲜。但我要怎么维

草戒指

护儿子的善良呢?正在我无语解答时,儿子却一语惊人,对人之初做了最好的诠释。

集市上人来人往,六岁的儿子忽然被一个乞丐吸引住了,怎么拽都不走。

妈妈,你看那叔叔只有一条腿,多可怜。

我细看那人,穿着宽大破烂的衣裳,一条腿跪着,另一条半截腿露出破衣服外,伤口已经化脓,几只绿头苍蝇围着转,他嘴里喊着,大爷大妈大婶大叔哥哥姐姐们,可怜可怜俺吧,车祸把俺的腿压断了,不能干活了,可俺上有八十岁的老母……

我忙拽着儿子走,儿子期期艾艾央求,妈妈,给他点钱吧。

我犹豫。

要不,我不买雪糕吃了。

要不,我不买玩具了。

要不,我,我不玩游戏了。他下了狠心才吐出这句话。

望着儿子汪满泪水的大眼睛,我掏出一块钱给他,他高兴地把钱扔进破瓷缸,叮一声,清脆悦耳。

乞丐黑黑的脸上,露出一口雪白的牙,谢谢小帅哥,谢谢美丽的妈妈!

儿子笑了,叔叔,你要用钱买装备哦,要变成奥特曼打怪兽哦!

我扯过儿子快走,味儿太重了。

黄昏时,因为有事,我又带着儿子来到集市,集市上的人差不多走光了。忽然,我真的看到了奥特曼变身,跪了一天的乞丐摇摇晃晃站起,把那条淌着脓血的假腿用塑料布包起,放进电动车前兜里,跨上电动车疾驰而去。

我想去捂儿子的眼,已经来不及了,他看到了发生的一切!

这可怎么办?这样的骗局对大人来说,好理解,可怎么跟六岁的儿子解释呢？

妈妈,妈妈！我看到叔叔变身了,叔叔变成了奥特曼！飞起来了,去打怪兽了！噢！儿子惊喜地喊。

故事里的事

故事里还有故事,一块西瓜竟然解决了一个大问题,在这么小的篇幅里是怎么做到的呢？各位且看俺在螺蛳壳里辗转腾挪！

老婆,你听我给你讲个吃西瓜的故事你再逼问我好吗？有一对小两口闹别扭了,媳妇去找公婆评理,每次吵架都是婆婆又是埋怨又是哄的把媳妇哄开心了才算完。可这次她去了才知道,婆婆回了娘家,只有公公在家里。公公天生木呐,把一个西瓜从中间切开,递一半给儿媳妇,吃,留一半给他！媳妇走路确实渴了,就用小勺挖西瓜吃,剩下一半给她老公留着。看看公公再没话说,就生生咽下埋怨回去了。男人经不住媳妇的唠叨,也来找老妈诉苦了,可是老妈不在,他想走,老爹递给他另一半西瓜说,吃,留一半给你媳妇带回去。男人走路也渴了,就吃起来,约摸还剩一半,就用塑料袋拎了想拿走……

呵呵,老公,你不用讲了,虽然咱们闹点小别扭,可我也给你留了一半西瓜,在冰箱里呢。

你细听完故事再辩解,老爹说,且慢。他从冰箱里拿出媳妇吃的另一半西瓜给他比较,你看你媳妇,只按一边吃,给你留了一半,你再看你吃的,挖了最甜的瓜瓤,只给你媳妇留了边上不甜的。你记住,生活就像吃西瓜,把甜的先吃完了,就只剩没味儿的了。男人听了很惭愧,以后就关心起媳妇来,生活过得有滋

草戒指

有味。

老公放心，咱们的日子还是有滋有味的，我也像那个媳妇一样，给你留了一半呢！

你看你是给我留了一半，但你给我留的这半是瓜底子呀，瓜肉是酸的，你看瓜皮都是白色的。

老公，西瓜再好也有吃完的时候，你虽然每次给我留最甜的西瓜瓤，但我觉得比醋还酸呢！

为啥？

说！你今天和她到底去了哪里？！

辞 灶

每年腊月二十三是辞灶的日子，可我们山东不一样，都是在二十四辞灶。兰子的男人却因为没有发工钱不打算回家了，而兰子却听别人说多少发了些工钱的……

官辞三，民辞四。现在也不管官和民了，一律在腊月二十三辞灶。人们在灶王爷像前敬上用糖包的水饺，在他嘴上抹上蜂蜜，让他嘴甜心甜，然后在灶膛里填一把火，好送他上天言好事去。等年三十再贴上一张新买的灶王爷像，燃起香火，这就是接他回宫降吉祥了。

杨刚身在异乡一年，很想很想回家了，不知妻兰子辞灶了没有。工程只进行了一半，工程款只给了少量的钱，他这个小包工头……唉！

刚子，你为啥还不回家过年？就等着你回家辞灶呢！明天都二十四了，是咱农民辞灶的日子，难不成你想当那啥呀？

怕谁来谁，兰子爽朗的大嗓门在雪地里回响。

在家乡辞灶的时候,小孩子爱唱,官辞三,民辞四,王八羔子辞五六。当那啥的意思就是当王八呗。

兰子的大嗓门震得杨刚一哆嗦,我,我在等工程款。

我听三毛说,你们发工钱了,你没有领到?

领到了。

那就快回家,咱们要给爹娘买身新衣服,你不在家,多亏了他们照应。还要给女儿儿子买……

你别说了,我不回去了!

咋?你难道不想家?

想。

难道不想儿女?

想。

你难道就不想我?

更想!

电话那头传来嘤嘤哭泣,你个没良心的,那你为啥不回家呀?

工头临走偷偷给我回家过年的钱,我给大家发工资了……

我以为你在外面养了……现在哪里都不欠农民工钱,工钱早晚会给的。有钱没钱,回家过年!

兰子吐出的话带着温热,杨刚的心一下子热起来,你辞灶了吗?

男人在外,哪有辞灶的?

为啥?

怕把男人辞外边呗!

杨刚现在动身回去也得二十五了。管他当不当那啥,他决定一回去就辞灶。杨刚发动那辆破皮卡,一头冲进了风雪中。

征 程

　　人生就像一座大山，我们费尽了力气想翻越它。但当走到半山腰时，就会闲下来看看风景，但看完了风景又会怎样呢？人生苦短，且行且珍惜！

　　那时候的他啊，意气风发，如急行军般向大山爬去。她巾帼不让须眉，为了征服这座大山，像旋风一样冲向大山深处。

　　沟壑纵横，雾霭弥漫，他们相遇了。他们商量着怎样才能征服这座大山。树高林密，怪石嶙峋，他们只有牵手才能相扶相携攀爬。就在他们牵手的一刹那，雾霭散去，阳光明媚。

　　不知啥时候，一个小孩子被他们牵着手继续赶路，间或，他在前面走，后面的她就说，不要走得那么急，等等我们！他就停歇下，继续赶路。小孩子眨眼间长高了，对他们说，自己想去征服另一座大山。他们恋恋不舍地送走他，又开始了相扶相携的征程。

　　小孩子传来信息，让她去他那里参观他的征程，她留恋地看看正攀爬崖顶的他，毅然去了孩子那儿。

　　他望向山下，蓦然发现，风景绮丽。他奋力攀爬时，咋没注意到呢？于是，在以后的征程里，他的速度慢下来。及至离开了很久的她，只几步就赶在了他的前面。

　　他愈来愈慢了，每走一步，都要注意下身边的风云变幻，花开叶落。她还如年轻时一样，干练利落。她在催。他在辩，不急，山就那么高，迟早都要到的。

　　她急急攀上大山山顶，回首望望正在欣赏风景的他，微笑着躺下了。

他也终于攀上了山顶，带来一把鲜花，敬献在她的墓碑前，说，一个人的风景没意思，老伴，我来了。

反季节

现在的生活中，反季节的东西太多了，蔬菜是我们知道的最早的反季节的东西，大棚里都有种植，它们在反季节里一样能活得很好。可是麦子呢？还有那些高楼呢？

大片麦穗被收割机收进了仓，唯有我和我的五十五个兄弟姐妹们还躺在母亲的怀抱里。

地的主人是位老爷爷，他领着小孙子停在我身边，望望麦地，再望望两边的高楼，叹口气。

小孙子一眼就看到了我们，他欣喜地喊，爷爷，这儿有棵好大的麦子，我要！

好，我给你折下来。

他们把我们带到了高楼的阳台上，小孙子一粒粒把我们剥离母体，种进一个花盆里，我又闻到了泥土的芬芳，来不及睡觉，我们又焕发了生机！

一盆绿油油的麦苗长出来了，爷爷嗅嗅，好香啊。脸上的皱纹就笑成了花朵。小孙子边浇水边问，爷爷，这要结多少麦穗啊？

爷爷看看狭小的花盆，很多吧……

妈妈看看绿油油的麦苗说，听说喝榨麦苗汁能保健，咱们榨了喝吧。

草戒指

当我们绿色血液端上餐桌的时候，妈妈喝一口说，真香。爷爷抿一口，苦的。孙子也喝一口说，不好喝。

当我们再发起青绿的时候，我们过去的家乡上起了高楼，正在验收，爷爷的儿子天天在那里盯着，听爷爷忧郁地说是豆腐渣工程。

到了秋分播麦季节，我们兄弟姐妹五十六个，即将走向生命的尽头。有个人像落叶般从豆腐渣楼上飘落，我听到了爷爷和小孙子的哭声，爷爷的儿子死了，他就是开发这片土地的承包商。

我们也要死了，因为，我们是反季节种植的。

暖 冰

俗话说，两口子吵架不记仇，晚上还睡一头。瞧瞧这小两口，因为琐事导致婚姻出现了问题，又因为互相的关心，就连婆媳关系也捎带解决了。您说，这篇暖和不？

不知什么时候，峰和丽睡成了背对背。

原因他们忘了，爱吃辣的丽吃着辣，爱吃咸的峰吃着咸，蜗居里的空气几乎凝固了。

丽听着峰的电话不断，懒得去查电话来源。峰看着丽在电脑上一个接一个地聊天，也不再偷查消息记录了。

丽想到了离婚，离婚的理由呢？曾经被无数人羡慕的婚姻，究竟哪儿出了问题。

星期天，峰一大早接了个电话，丽懒得偷听。他接完电话就在厨房忙活，弄出很大声响。丽皱皱眉，躺在床上不起，来例假了，肚子隐隐作痛。丽忽然想流泪。

一只充满电的暖手宝伸进被窝，丽望望峰的脸，接过暖手宝放在小肚子上。

起来吧，我专门给你熬了粥，放了红糖。

丽忽然毫无来由地抽泣，这样温暖的话语，好像在上个世纪听到过。

峰说，知道你爱吃辣，专门给你做了青椒炒肉丝。

丽由抽泣变成大哭，她觉得委屈，但委屈在哪儿，她也说不上来。

峰轻拍丽的背，傻丫头，哭啥，不就是做爱吃的菜么？

丽觉得，她哭不是为了有爱吃的菜才哭的。

从此，一盘油辣椒，一盘丽专门为峰准备的精致小咸菜，在饭桌上成了一道风景。

背靠背的日子结束了，丽枕着峰的胳膊，偎紧了这个今生注定在一起的人，你为什么要巴结我？

我哪里巴结你了，那天早晨，我娘来电话说，媳妇是用来疼的。我就忽然明白了，就想疼疼你了。

丽忽然很伤感，峰，星期天咱们去乡下，看看咱娘可以吗？

峰抱紧了丽，郑重点点头，他隐隐觉得，他这个夹板的日子，到头了。

相濡以沫

生活中的夫妻在柴米油盐里浸润，吵架也如一味调料一样成了生活的一部分。大姐和姐夫又吵架了，生气的大姐站在大桥上散闷儿，看到了这样的一幕——

大姐站在大桥上，百无聊赖地想着心事，今天她又和姐夫吵架了，细想起来，无非是碗有谁来刷，地由谁来扫的小事。偏偏就是

草戒指

这些小事，处理不好也伤感情。

桥下是老桥。新桥上来来往往的车辆川流不息，老桥那里却清净多了，今天是大集，偶尔有几个贪图近的人才穿行在老桥上。

过去每逢集市，狭窄的老桥上总是人来人往，现在看着萧条的老桥，大姐心里一阵悲凉，她此时的心情也跌落到低谷。

天天吵架拌嘴，这样的日子还怎么过？不如……大姐正在胡乱寻思间，老桥上驶来一辆脚蹬三轮，骑车的是一位年过七十的老汉，车斗里斜倚着一位鹤发的老妇人，老汉蹬到老桥中心蹬不动了，下来推着走。趁老汉回头的功夫，车上的老妇人拿手巾给他擦汗。

老妇人忽然不舒服起来，扭头转颈，手直往背后抓，模样极其古怪。这时老汉已经把车推过了桥，他稳稳停妥车，很自然地把手伸进老妇人的脖领子后，开始慢慢地挠痒，老妇人则半眯着眼很享受的样子斜躺着。

夕阳正好，金色填满老人脸上的沟壑。大姐看得呆了。

大姐默默回到家里，她倒了一杯茶，扶起因吵架心情不好喝醉的姐夫，死鬼！喝茶！

姐夫醉眼朦胧地嘀咕着，太阳从西边出来了？

大姐幽幽地说，不，是夕阳！

一块钱

出门在外，一分钱难倒英雄汉。这是我亲身经历的事，我至今也不知道那个人叫什么名字，甚至都忘记了他的容貌。但是，一块钱的恩惠我会永远铭记，并以此文为证。

第八辑 微言大义

市医院食堂门口围了一大圈人，我下意识地翘脚看看，是一个胡子邋遢，穿着很脏的人跪在那儿乞讨，他说钱被小偷偷了，没钱回家了。他还说，今天是腊月二十九，他很想坐车回去看老娘和孩子。说着，脸上流下两行混浊的泪水。

围观的人有的给他一块钱，他就说一声谢谢。有的嘀咕，骗子，便匆匆离开。我属于后者。

进得食堂，排队打饭。轮到我了，我掏出五十块钱递过去，打一块钱的小米粥。

食堂师傅用看外星人的眼光看我，同志，请拿饭卡，医院有规定，不准我们收取现金。

糟糕，儿子忽然得病，我们昨晚才住进医院，虽然办了饭卡，但临近年关了，家里有事，老公走得匆忙，他把饭卡带走了，临走只留给我五十块钱。我说，对不起，饭卡被老公带走了，他一会儿就回来。

食堂师傅说，没事，你把钱给这位大哥，刷他卡打饭。

还没等我开口，临近的另一个窗口正在打饭的男同胞听见了，顺手递过饭卡，食堂师傅一刷，就给我打了一块钱的稀饭，本来还想再买点儿什么的，唉，还是不要麻烦人家了，昨晚还有剩的大包子，将就一顿吧。

我掏出五十块钱递给男同胞，他憨厚地笑笑，不就一块钱吗？出门在外，举手之劳。说完疾步离开。

握着暖融融的茶缸，心里一阵酸楚，身在异乡，能得到一块钱的恩惠，也会感动莫名。

我也疾步走出去，手里握着五十块钱，看看外面的乞丐走了没有？

下雪了，乞丐正打算起身要走，我把钱递过去，喏，回家吧。

乞丐送给我一个明媚的笑，摆摆手，谢谢大姐，我的路费已经够了，再见！

215

反 转

　　生活是枯燥平淡的,有时候自己要学会反转,才能让生活变得多姿多彩,也能解决很多看似走入死胡同里的婚姻。就让我们试着用反转的心理来解决生活中的难题吧,相信聪明的你,一定会有意外收获的!

　　绮罗借着逛超市的由头特意晚回来的。老公平在淘米做饭,水渍米粒撒得到处都是。

　　好勤快哦,亲爱的!

　　绮罗挤出一丝笑容,顺手拿起抹布把水渍擦干净了。其实她压在嗓子眼里的话是,笨死了,没吃过猪肉还没见过猪跑哇!

　　平乍听亲爱的一词,心里一热。本来想抱怨绮罗无休止地逛超市的,想想反正明天就要去民政局办理离婚手续了,也就算了。

　　晚上看电视,绮罗又照例霸占了韩剧,平走来又走去,绮罗拿眼神打出疑问句,平期期艾艾地说,今晚有场篮球比赛,山东队对广州队。

　　绮罗哎呀一声,我忘了,你看吧,亲爱的。我电脑上还有事没处理完呢。

　　其实她堵在胸口的一句话是,先来后到,你就慢慢等吧。

　　但他们约好平静分手的。

　　待平看完比赛已是深夜,绮罗倚着床头也已睡着,笔记本电脑发出沙沙的声音,韩剧也停在了最后一集。

　　平轻轻拿起电脑关掉,把枕头放平,又轻轻脱去绮罗的棉袄,

第八辑　微言大义

绮罗似醒非醒抱住了平的胳膊,今天是最后叫你亲爱的了,婚姻……爱情……坟墓……不,不能……我要反转……

平忽然泪奔,结婚两年了,婚姻由激情转入平淡又转入互相埋怨。今天,是平第一次没有听到埋怨也没有埋怨绮罗。

平就搂紧了绮罗,也暗下决心,挽救婚姻,我也要反转!